ベリーズ文庫

悪い男の極上愛
【ベリーズ文庫溺愛アンソロジー】

JN167453

STARTS
スターツ出版株式会社

目次

悪い噂しか聞かない弊社の社長が私を捕まえて離さない

砂川雨路

弊社の社長には黒い噂がある

「俺とふたりで食事は嫌かなァ？」

少々苦手な上司に食事に誘われるのは初めてではない。

霧島《きりしま》瞳《ひとみ》、二十八歳。目をみはるような美人ではないし、メリハリのある女性的なスタイルをしているわけでもない。トークスキルも高くなく、笑顔が魅力的というわけでもない。

格別好かれる要素がないのに、どうして何度も直属の上司に誘われるのかわからない。彼と私は仕事以外で親しくはないのだから。

「ええとですねえ」

終業後、廊下の休憩スペースで私は困惑顔で上司の顔をちらちらと見た。誰か通りかからないかなと期待したが、こういうときほど誰も来ないのだ。

「どうかな？　霧島ともう少し喋りたいんだよね。仲を深めたいっていうか」

彼は私の顔を覗き込むように言う。眼鏡の奥の瞳は優しく見えないわけではないが、何を考えているか読めない。正直に言えば少し怖い。

（悪い人じゃないのはわかるんだけど、結構苦手なんだよね）

上司の末光《すえみつ》さんは五つ上、この会社の社長が会社を興したときの創業メンバーで、現在開発部の部長でもある。部下の意見を尊重してくれるし、私も何度か助けられた経験がある。大きな仕事を任せてもらった経験もある。しかし彼は、一度敵だと認定すると攻撃的な態度を取る人で……。

（それで辞めていった社員もいるし、たまたま私は気に入られただけ。でも、こうやって食事を断り続けていたら私も敵認定されそうなんだよなあ）

かといって、個人的な食事の誘いは避けたい。恋愛感情なのか仕事の話なのか知らないけれど、業務外で親しくなる相手は選ぶべきだろう。いや、そもそも仕事以外で会社の人と仲良くするのは遠慮したいほうではある。

「今日はちょっと……宅配便が届く予定でして」

「この前はヘアサロンの予約だって断ったよね。じゃあ、いつが空いてる？　スケジュール見せてよ。俺が合わせるからさァ」

合わせなくていいです。全然、もうお構いなく。

そう言ってしまいたい。しかし、末光さんはどうしても私と食事に行きたいらしい。逃げ道をふさぐやり方はスマートとは言い難いけれど、本気度は高い。

答えに窮してまごまごしていると、いきなり私の手首を誰かが掴んだ。それは背後から伸びてきた大きな手で、その硬い感触に私はぎょっとした。

「残念だが、霧島の予定はずっと空かない」

低く地を這うような声だった。その声で、私の手首を掴んだのが誰なのか、すぐにわかった。そしてゾゾーっと背筋に寒気がした。

「陣代《じんだい》……社長」

末光さんがたじろいだ様子で彼の名を呼び、私はおそるおそる手首をつかむ人物の方に首をめぐらせた。

そこにいたのは我が社の社長・陣代暁信《あきのぶ》その人だった。

黒い髪をサイドバックにし、眉間には深いしわ。高身長で肩も胸も厚みがある立派な体躯は、スーツよりアメフトのプロテクターが似合いそう。顔立ちは端整なのに、いつも厳しい表情をしているので、美しいという印象はない。

そして、まあなんというか彼にはいろいろと噂があって……。

「陣代社長、これは個人的な誘いですよ。あなたが何か口を挟むのはおかしいでしょう」

一瞬ひるんだ末光さんが、目に敵意を宿らせて陣代社長を睨んだ。大学時代からの仲間で、ともに創業した間柄だ。会社でなければ、敬語も使わないのだろう。

するると、陣代社長はいつも通り恐ろしい顔のまま、私をちらりと見た。それから末光さんに向き直り、ため息をついてから口を開く。

「個人的な誘いというなら、余計に見過ごせないな。霧島瞳は、俺の婚約者だ」

「んごっ⁉」

驚きすぎて変な声が出た。婚約者？　私が陣代社長の婚約者？

聞いたことがない。当事者が初耳ってあり得るの？

私、いつ陣代社長と交際して結婚の約束をした？　私の記憶だと人生で彼氏がいたのは高校一年生の半年だけだったはず。

最近忙しすぎて、恋愛の記憶を健忘してるとか？　記憶喪失系ドラマが流行ったけど、私の身にもそんな展開が訪れてる？

「瞳、勝手に公にしてすまないな。おまえが末光に言い寄られていると知って、いても立ってもいられなかった」

ひとみって……名前で呼ばれたのも初めてなんですが。陣代社長はいつもそう呼んでいると言わんばかりになめらかに呼ぶ。

「末光、そういうことだから、霧島を口説くのは諦めてくれ」

「陣代！」

思わずなのか、末光さんが社長を呼び捨てで呼んだ。それから、悔しそうに口を引き結ぶ。

「瞳、行こう」

「しゃ、社長」

陣代社長は私の混乱を封じるように腰を抱いて歩き出した。その腕の力強さが言っている。

『逃げるなよ』と。

どうやら、大変なことに巻き込まれたみたいです。

＊＊＊

大学卒業後にＳＥになったのは成り行きだった。未経験から覚えられると聞いたし、福利厚生に惹かれて入社したのが最初の会社。しかし、まあまあブラックな労働環境だった。謳われていた福利厚生を利用する社員はおらず、それでも踏ん張って仕事をすること三年。取引先だった『ＪＡＧソフトウェア株式会社』に転職を誘われた。

ＪＡＧソフトウェアは若手が多く、創業者の陣代社長は私より五つ上。風通しがよく、お給料もあがって労働環境は改善される。さらには、新しいアプリ開発のメンバーに抜擢したいという具体的な誘いに心を動かされた。

そうして二十六歳のときに、私はこの会社にやってきたのだった。

期待した通り、前職よりは残業も少なく、人間的な生活が送れるようになった。また、前職で得た知識と技術はおおいに役立った。抜擢された開発チームの中では期待され、重要な仕事も任された。アプリのリリース時には社内表彰もされた。

新天地で順風満帆なキャリア形成。このままここで地道に評価をあげて、安定した老後のための資金を貯めよう。結婚に興味はないし、お金がかかる趣味もない。適度においしいものを食べて、適度に楽しくマイペースに暮らしていければいい。

そんな私に降って湧いた『気が付いたら陣代社長の婚約者になっていた事件』……意味がわからない。

私は陣代社長の運転する車の助手席でちんまりと縮こまっていた。隣では婚約者が格好よく都心の幹線道路を運転中。高級車ってシートの座り心地は最高だし、なめらかな発進と加速で乗り心地もいいな。そんなことを考えて気を紛らわせておく。

陣代暁信社長、三十三歳。

ＪＡＧソフトウェア株式会社に転職してきた私の唯一の誤算はこの社長の存在だった。転職した当初から、多くの社員に言われてきた。

『社長には気をつけな』

女癖が悪いとかそういうことだろうかと思ったら、そうではない。

『社長、海外のマフィアと繋がりがあるみたい。あやしげな電話をしてるのを聞いたことがある』

『たくさん副業をしているらしくて、その中には武器や麻薬の密輸なんかもあるって噂。得体のしれない海外ゲストとの会食も多いんだよね』

『国内外の政財界のフィクサーに太いパイプがあるって聞いたよ』

『その筋の人たちと取引をしている一族の後継者らしい』

『実際、汚職疑惑のあった議員と社長が親しく会ってるのを見た社員がいるんだよ』

とんでもない話がごろごろ出てくる。下請け会社として携わっているときは、ＪＡＧの社長の話なんか聞こえてこなかった。むしろ、私を引き抜けと指示したのは社長だそうで、感謝すらしていた。それなのに、入ってみたら社員に恐れられている人だったなんて。

……いや、社長が何か怪しい副業を持っていたとして、ＪＡＧがまっとうなソフトウェア開発企業なのは間違いない。この会社に自社アプリの開発をアウトソーシングしているのは有名な大企業も多い。社会的信用のある会社なのだ。

万が一、社長が逮捕されたり事件に巻き込まれても、この会社は他の創業メンバーが運営していくから私の身は安泰！　大丈夫！

（そう思ってたのになあ）

ちらりと視線をやると陣代社長の横顔が見えた。顔だけは驚くほど格好いい。いいえ、訂正。高身長で細マッチョ体型なのもポイントが高い。

でもね、そんな怖い噂のある人に好意なんて持てないよ。なぜか婚約者にされている現状も、いつどのタイミングで問いただせばいいのか。

そもそも、私は男性経験がない。

高校時代の彼氏とはプラトニックな関係で終わってしまったし、そこから先は友達どまりの男性しかいない。二十八歳にして未経験。

……もし、本当に記憶喪失だとしたら、私の処女はこの人に捧げたってことになるのかな。再びちらりと横を見ると、彼もまたこちらを一瞥した。

「もう到着するぞ」

そう言われ、ハッと車窓を見た。紅葉にはまだ早い街路樹の向こうに、日比谷《ひびや》の超名門ホテルがそびえていた。

「あの陣代社長」

「婚約者のことは名前で呼ぶべきだろう」

「その、婚約者だった覚えがないんですが、……私、記憶がおかしいですかね。健忘ってやつですかね？」

車を駐車場に止め、陣代社長がこちらを見た。ニッと口の端を引き上げた笑い方は格好いいんだけれど、その百倍怖い。

「追々、説明してやろう」

陣代社長は外に出るなり、再び私の腰をがっしりと抱いた。

ロビーで受付を済ませた時点で、陣代社長が私をエスコートするようにエレベーターホールへ向かう。

「部屋に行くぞ」

部屋？　婚約者ならホテルに宿泊してもおかしくはないかもしれないけれど。

いいや、待って。やっぱりおかしい。

社長と付き合っていた記憶がないのに流されてたまるか。

「社長、私、帰ります」

「末光から助けてやったのは誰だったかな」

「それは、感謝していますが……」

「業務上の理由で来いと言っている。しかし、おまえが帰りたいと言うなら……」

社長は私からパッと手を離し、それからにやっと笑った。とてもとても怖い顔で。

「仕方ないな。俺も新たな方法を考える」

……新たな方法って何？　もしかして私、もっと怖い目に……!?

「ぎょ、業務の一環なら……」

すっかり縮み上がった私は引っかかりながら答えた。

「お供します……」

私の弱虫！　社長が私みたいな地味女に何かするつもりはたぶんないけれど、きっと別の理由があるに違いない。もしかして業務上知り得た情報が機密事項だったとか。それを理由に監禁されてしまうかもしれない。

ああ、どうしよう。どうしよう。やっぱり逃げ出すべきだったかもしれない！

上階のロイヤルスイートルームという、映画でしか見たことがないような部屋に連れてこられ、私は必死に考えていた。

（絶対に悪い人たちとの取引だ）

想像だけれど、きっとここにはバカラ賭博や麻薬カルテルみたいな悪いことで儲けている人たちが集っているに違いない。

私はおそらく機密情報に触れてしまい、陣代社長にとって都合の悪い存在になってしまった。だから、ここで悪い人たちに売り渡されるか、処分が決まるまで監禁されるか、……命の危険すらあるかも。

怯えきった私が室内に入ると、メインのパーラールームには誰もいなかった。いや、油断はできない。これから怖い人たちがぞろぞろと向こうの部屋から出てくる可能性はある。

それにしてもこの部屋から見える都内の夜景は綺麗すぎる。壁一面が窓だから、展望台のように広々と見渡せるのだ。

ああ、この最高の景色が人生最後のいいことだったとしたら、嫌すぎる～。

そのときだ。後ろからぎゅうっと抱きすくめられた。

ここにいるのは私と陣代社長だけ。つまりは私を抱きしめているのは陣代社長である。

「霧島瞳……」

社長の低い声が耳元で響いた。甘くてちょっと切ない声に、心臓がどくんと鳴る。

「ずっと、ずっと好きだった」

陣代社長が私を好き？　嘘……そんなこと……。

一瞬乙女な顔をしてしまった私だったけれど、すぐに我に返った。回された腕をよいしょと持ち上げたら、案外あっさりハグから脱出できた。

くるんと向き直ると陣代社長は興味深そうにこちらを見ていた。その表情で確信する。

「陣代社長、私のこと好きだなんて嘘ですよね」

陣代社長は黙って薄く微笑んでいるので、私は重ねて言う。

「そもそも婚約者っていうのも意味不明なんですが、一体全体これはどういうことですか？　業務上の一環というやつですか？　もう少し説明がほしいんですが！」

すると、陣代社長の表情が緩んだ。ぷっと吹き出し、それから大きな声で笑いだす。

「いや、やっぱりおまえは面白い女だな」

我ながら、怖いとすくみ上がっていた相手になかなか強気な対応ができた。空気が読めないところがある私だけど、こういうときに役に立つ性格だわ。震えて思考停止していたら、一方的に巻き込まれてしまう。

「面白い女だからこういうところに連れてきて、好きだとか嘘をつくんですか？　ひどくないですか？」

「おまえがあまりに俺に怯えているから、ちょっと和ませようかと思ってだな。どうせ、俺の噂を真に受けているんだろう」

社長の悪い噂が一瞬にして脳裏を駆け巡った。こうして近づいて見れば、笑顔や会話は人間味を感じるものの、この人は危険なんだった。

「イ、イエ、ソンナコトハ」

思わずカタコトになってしまうので動揺がバレバレである。

「わかりやすすぎだ。安心しろ。犯罪にあたる噂は全部嘘だ。霧島を犯罪に巻き込む気もない」

その言葉にホッとした。

そりゃあそうだよね！　そんな犯罪、映画の中の出来事で身近な社長がまさかねえ。ん？　でも犯罪に関わること以外は本当ってことなの？　他にも色々噂があった気がする。

思い出そうとする私をよそに、陣代社長の話を続ける。

「ただ、おまえがちょっとした事件に巻き込まれつつあるのは間違いない。それは俺にも関わることだ。まあ、ひとつ説明してやろう」

事件に巻き込まれつつあると言われ、私はまた表情を強張らせた。拉致監禁ではなさそうだけれど、不穏な話は終わっていないらしい。

「末光とは長い付き合いだ。大学時代からで十年以上になる」

陣代社長はルームサービスを山のように頼んで、私をソファに座らせた。自らはワインの栓を開けながら、その説明を始めてくれている。

「ヤツと小湊《こみなと》と清田《きよた》、四人でこの会社を立ち上げたのは知っているよな」

「ええ。直属の上司の末光さん以外、挨拶程度しか喋ったことがないですけれど」

小湊さんは副社長でありながら、陣代社長の秘書的な役割もこなしている。清田さんは末光さんとは別のチームを率いる技術職だ。役職上、末光さんと清田さんは部長となっているが、発言権や運営方針について、四人は同列だと聞いたことがある。

（と、いうか社長とだって、たまに自動販売機や給湯室で会ったときに挨拶程度しかしてないけど）

だからこそ、突然婚約者と言われ驚いたのだが、事情説明をしてくれるなら聞こう。テーブルに並んだサンドイッチやチキンスティックをジンジャーエールとともにお腹に押し込んでいく。

おいしい。高級なホテルはお料理も一流だ。不安はあるものの、お腹は空く。せっかくだから、食べられるだけいただいてしまおう。余談だが、ソファもふかふかで無限に座っていられそう。

「おい、聞いているのか」

「ふ、ふみまへん」

むぐむぐと咀嚼しながら必死に頷く。

「末光は技術者として優秀だし、いい友人でもあった。一方で、以前から俺のやり方に文句があったようだ。衝突はあったが、最近はヤツが距離をとって話にならなかった。俺を見限ったんだろう。外資のソフト会社に誘われてあっさり転職を決めた」

末光さんが転職するなんて初耳だ。おそらくまだ公の情報ではないはず。

「あいつはまだ俺に退職したいとは言っていない。俺は俺の独自の調査網でヤツの転職情報を知ったわけだが、その際に面白い情報がくっついてきた。おまえだ、霧島瞳」

私は首をひねる。なぜ、末光さんの転職情報に私が？

「昨年、おまえたち開発チームが作り上げたスケジュール管理アプリ。うちのオリジナルアプリでは異例の大ヒットで、我が社はだいぶ潤ったわけだが」

「ああ、はい。あれは大きな成果になって嬉しかったです～！」

社内表彰をされた件だ。私がシステムの根幹部分を作成していたからで、あのときは陣代社長にもずいぶん褒められたっけ。

「末光の転職先は、ヤツにふたつ条件を出した。優良な顧客をＪＡＧから奪うこと。そして、若くて優秀なＳＥを引き抜くこと。それで末光はおまえに目をつけた」

「ええ？　私ですか？」

「自覚がないようだが、霧島、おまえはまあまあ使える。頭の回転が速い女だとは思っていたが、技術は確かだし発想力がある。そして、根性もある。前職で三年も続いた新人はおまえくらいだと聞いているぞ」

なんだか褒められているような……。でも、ＪＡＧに呼んでくれたのは社長自身らしいから、素直に受け取っておいたほうがいいのだろう。

「末光が俺たちを捨てて新天地に行くのは好きにしろといったところだ。しかし、うちの客を奪うのと、戦力になる社員を引き抜くのは許せない。おまえが転職したいなら別だが」

「いえ、……ＪＡＧに満足していますので、叶うならずっと勤めたいですけど……」

「それならやはり俺の計画に従うべきだな」

陣代社長はワイングラスを傾け、くいっと空けると、私に向き直った。

「霧島、おまえには当分このホテルに俺とともに滞在してもらう」

「はあ？　ここに社長とふたりでですか？」

「末光が言い寄る隙を潰すためだ。だから、おまえは急遽俺の婚約者ということになった」

「いやいやいや、ホテルにいなくてもよくないですか？　社長がおっしゃるなら、私、末光さんが辞めるまで偽装婚約者役をやりますよ！」

とんでもない提案に私は慌てた。社長とホテルでふたり暮らしだなんて。

「今日もそうだが、末光の誘いが頻繁で困っているだろう。就業中にも不要な呼び出しが増えていけば、いずれ業務に障る」

「でも、私が社長の婚約者と聞けば、末光さんだってもう……」

「甘いな」

陣代社長がふっと笑った。切れ長の目に暗い光が閃き、笑顔は仄暗い。

「末光の転職先『ジョージライツアソシエイツ』こそ、黒い噂の絶えない米国企業だぞ。俺の噂で怯えていたおまえが、本当に怖い目に遭わないように助けてやっている俺の優しさがわからないか？」

ゾッとした。つまりは末光さんが私に目をつけたことで、裏の世界に引っ張り込まれる可能性がでてきたのだ。冗談ではなく拉致監禁なんてことも……。

「こ、ここに、いようかなあっ」

「賢明だな」

そう言って陣代社長は私の前にもグラスを置いた。もうあまり残っていない最後のワインをトクトクと注ぐ。

飲めと彼の目が言うので、ワイングラスを手にした。まるで契約の盃みたい。私は口を付けられず、躊躇した顔をする。

「安心しろ。このホテルは飯がうまくて、サービスも満点だ。ホテルステイを楽しむつもりで暮らせ」

たしかにこんなハイグレードな部屋に宿泊するのなんて、人生でもうないかもしれない。連泊なんてあり得ないし、ホテルの食事がおいしいのはすでに実感している。

でも、社長とふたりきりでしょう？　偽装とはいえ婚約者待遇で。そこでハッとした。

「あの、ここから出勤してここに戻るってことですよね」

「そうだ。俺と一緒にな。夜はおまえが先に電車で戻ることになるだろうが」

「……朝の通勤も別々にできませんか？」

社長の車で一緒に通勤していたら、絶対に噂になる。それは避けたい。

「婚約者だから不都合はないだろう。それにおまえの安全のためでもあるぞ」

「通勤時は電車を使いますし、ここからオフィスは近いです。危険なこともないいんじゃないでしょうか。それに、末光さんの前でだけですよね。婚約者のふりは」

「何を言っている。社員の前でも対外的にも婚約者だ」

ぎょっとして、私は目を剥く。末光さんに向けた方便ではないのだろうか。

「末光の転職先にも俺の女であると印象づけておいたほうがいい。あっちもおまえのことを探っているはずだからな」

「そんな」

「社員には必然的に知れ渡るだろうな」

つまり、私はもう社長の恋人。同僚たちにどんな目で見られるだろう。

「俺が守ってやるから、おまえはいつも通りにしていればいい」

陣代社長は当たり前のように言った。こんなに格好いい人にそんな素敵なセリフを言われたらキュンとしそうなものだけど、私の心はしゅんと縮んでいた。

（全部終わったら、偽装婚約は終わりだよね。そうしたら社長に捨てられたことにしよう。そもそも不釣り合いだし、たぶん同僚たちも納得するはず）

「あとな、婚約者だから名前で呼べ。〝暁信さん〟ほら、言ってみろ」

私は唇をもごつかせながら「アキノブサン」と繰り返す。陣代社長は不満げに片眉をひそめた。

「もう少し自然に呼べ。わかったな、瞳」

「ハイ、ワカリマシタ」

そう答えて、私はとうとうワイングラスを煽った。


翌朝、もぞもぞと起き出した時刻は六時半。

「あんまり寝られなかった……」

高級ホテルのロイヤルスイートのベッドは、それはもうフカフカで寝心地も最高だった。でも、昨日突如として巻き込まれた事件と慣れない環境で、興奮してしまったのか何度も目が覚めた。

「社長と部屋が違うのが幸いだよね」

社長には主寝室で寝てもらっている。私はサブの寝室だけど、ここにもダブルベッドがあるので、ひとりで眠るのは広すぎるくらい。

ぼさぼさの頭を掻きながら、ベッドから降りた。

眠るのに使っていたバスローブから昨日の服に着替え、パーラールームに出る。

「おはよう」

そこにはすでに陣代社長がソファに座っていた。テーブルに置いたタブレットの液晶には新聞の紙面が映っていた。

「おはようございます。顔を洗ってきます」

朝一番に社長と顔を合わせるなんて気まずすぎる。社長の怖い噂が嘘だったのは、一応本人からの説明があったけれど、厳しい表情も威圧感のある雰囲気もそのままだ。

（顔は、……優しく笑ってくれたら素敵だし、好みなんだけど）

現時点では社長のニヤリ顔しか見ていない。

「瞳、そこに着替えを用意してあるぞ」

「え？　着替え？」

見れば、ソファにはブラウスとスカート、紙袋をのぞくと下着やストッキングまで入っている。

「昨日は買いに寄ってやれなかったからな。必要だろう」

「あ、ありがとうございます。もしかして社長が買いに行ってくださったんですか？」

「〝暁信〟だ。言い直せ」

私はグッと詰まり「暁信さんが買ってきてくれたんですか?」と言い直す。

「小湊の嫁さんに頼んだ。嫁さんも大学の同級生だからな。話が早い」

なるほど。紙袋の中に、化粧落としや宿泊用のスキンケアセット、生理用品まで入っているのはさすが女性のセンスだ。日焼け止めにアイブロウペンシルも助かる。それにしても普通のブラウスだけど、手触りがすごくいい。もしかしてかなりお高いものでは?

「なんだか悪いです」

「着替えがないと困るのは瞳だ。『昨夜はお泊りだったんですか?』とオフィスで言われるぞ」

「う……」

「まあ、俺はそれでもいいが」

「きょ、今日、仕事の後に着替えを取ってきます!」

しばらくここに滞在するなら、日用品が色々といる。

「俺が車で一緒に行く。おまえは、終業後はすみやかにこの部屋に戻っていろ」

「はい!」

なかばやけくそで返事をしながら、私は洗面所に着替えを持っていくのだった。

朝食はホテル内のフレンチレストランで食べた。宿泊者用にこの時間は開いていて、モーニングメニューが食べられる。

アメリカンブレックファストスタイルの朝食はシンプルなのにとてもおいしい。普通に焼かれた目玉焼きがもう違う。ゆうべのルームサービスメニューも絶品だったし、このホテルにいる間に太りそう。まあいいか、そう長い期間にはならないだろうし、おいしいものをめいっぱい食べられる機会だと思って享受しよう。

「社長……暁信さん、どうしてもお願いが」

「なんだ」

「やっぱり、通勤だけは別々にできませんか?」

陣代社長がムッとした顔をする。おまえはまだわからないのかといった表情だ。負けじと私は言い募る。

「暁信さんの婚約者になったのは一時的に受け入れます。ですが、それで浮ついていると同僚には思われたくないです。贔屓されてるとも思われたくない。だから、節度ある距離でいたいんです」

「公にすると言ったぞ」

「暁信さんの口から公言するのは構いません。でも、社内や通勤であからさまにべたべた一緒にいるのは節度があるとは……」

ふうんと社長は頷いた。「一理ある」とつぶやくと私を見る。

「おまえの言い分はわかった。たしかに優秀な社員として評価されているおまえを、俺の贔屓だったとは思われたくない。それが元で辞められても困るしな」

ちょいちょい褒めてくれるのは嬉しいのだけれど、顔が険しいままなので怖い。

「だが、通勤や退勤時はいつでも俺と連絡を取れるようにしておけ。おまえの安全のためだ」

「わかりました！」

やっと私の主張が認められた。もしかして、毎回、こんなやりとりで社長を納得させなければならないの？


希望通り、陣代社長とは別々に出勤し、オフィスに入った。

同僚たちと挨拶を交わし、自分のデスクのPCで出勤を打刻する。社内メールが来ているので開くと、末光さんからだ。

【昨日の件について、詳しく話したい】

短い文面。ちらりと横目で部長のデスクを見ると、末光さんは他の社員と談笑している。

にわかには信じられないけれど、彼はこの会社を裏切ろうとしている。ただの転職ではなく、優良な顧客と私を手土産に移籍しようとしている。

私にできることは、社長の言いつけを守ること。

【すみません。しばらくお時間が取れないです】

それだけ打って、返信をクリックした。昨日、社長本人に『俺の婚約者を誘うな』と釘を刺されているのだ。これ以上はしつこくする理由がない。

（でも、他の社員を私の代わりに連れて行こうと考えているかも。それも阻止しなきゃだよねぇ。とりあえず、何か動きがあったら社長に伝えよう）

特命ミッションでもこなしている気分になってきた。いやいや、仕事が普通に忙しいから、それどころじゃないんですけどね！

瞬く間に午前中が過ぎて行った。

午後は開発チームの打ち合わせで末光さんとも同じミーティングルームにこもる予定だ。他の社員もいるし、変なことは言ってこないはず。

そんなことを考えながら、昼ごはんを買いに外へ出ようと財布を手にした。

そのときだ。

「霧島、いるか？」

そう声をかけながら、オフィスに入ってきたのは陣代社長だ。社員にも恐れられている社長の登場に、空気がぴりっと凍り付く。

「は、はい！」

私が直立で返事をすると、ゆっくりとこちらに歩み寄ってきた。腰を折って、顔を覗き込んでくるので、普段よりかなり距離が近い。

「話がある。来い」

「ひゃ、ひゃい！」

慄いて変な返事になってしまった。どう見ても私が何かやらかし、これから叱られる構図だろう。社長に連行される状況の私を、同僚たちがかわいそうなものを見るような表情で見送っていた。

「どうだ、スマートだっただろう」

社長室に着くなり、陣代社長は得意げに言った。

「何がどうスマートだったんですか？」

「おまえの立場を考えながらも、昼食に誘った件だ。親密さがうっすら漏れ出るくらいの物理的な距離感も考えた」

この人は何を言っているのだろう。頭が良すぎると案外変なことを考えるものなのかもしれない。

「いやいやいや、完全にドナドナの歌みたいでしたよ。社員みんな、私が呼び出されて叱られると思ったんじゃないですか?」

「陣代は顔が怖いからなあ。しかも強引」

そう言って社長室に入ってきたのは小湊副社長だ。手にはお弁当の箱が三つ。料亭のものだと思う。

「あ、小湊副社長、お着替えをありがとうございました。奥さまにもよろしくお伝えください」

副社長の登場に、私は慌てて頭を下げた。

「むしろ霧島さんを巻き込んでごめんね。変な話、創業メンバーの内輪もめみたいなもんだからさ」

「あー……」

「陣代、協力してくれてる霧島さんを困らせちゃ駄目だよ。ほら、弁当食べよ」

「わかってる」

「霧島さんも食べよう。おいしい松花堂弁当を頼んでおいたから」

小湊副社長は、陣代社長にも物怖じせずになんでも意見を言うのが普段から見てとれる。もし、めちゃくちゃ困ったことになったら、陣代社長じゃなくて小湊副社長に相談しよう。私はひそかに心に決めた。

松花堂弁当は本当においしく、それだけはいいランチタイムだった。陣代社長と小湊副社長は仕事の話をしていたし、技術的な話を振られれば私も答えてはいたけれど、なんだか緊張感のあるランチだったなあ。

いや、待てよ。もしかして、しばらくずっと社長室でランチになるのだろうか。朝夕の食事は社長とふたりだというのに、昼まで？

でも、ランチタイムは末光さんが誘いやすい時間だろう。こうして社長がブロックしてくれれば、私も逃げられる。

それにしても、あらためて大変なことに巻き込まれていると実感した。

午後の打ち合わせは定例のもので、現在管理しているアプリのアップデート内容の検証や、新規案件についてだった。

その間中、何度となく視線を感じた。

末光さんからの視線は絡みつくようで、なんとも居心地が悪かった。

悪い人？　いい人？

陣代社長との思い出は数えるほどしかない。

転職の声かけをされ、業務の合間を縫って面接に行ったのが初対面だった。

私は何か月もサロンに行っていない髪の毛をひっつめて結び、化粧水をつけるのも忘れて久しいがさがさの肌に日焼け止めだけをぬって出かけた。かろうじてリクルートスーツを引っ張り出して着ていったくらい。

『ぜひ、来てほしい』

初めて会った陣代社長は、ドキッとするくらい格好いい男性だった。怖い噂も知らなかった私は凛々しい姿に一瞬見惚れた。そんな彼が、私を見るなり言ったのだ。

『君の能力に惚れてる』

『惚れてる』なんて言葉、ちょっと素敵だなと思った。必要とされていることをストレートに伝えられたと感じた。

多忙な社長は、外出の予定があるからとそのふた言で退席してしまったけれど。

『霧島さんの仕事ぶりを見て、引き抜けって指示を出したのは社長なんです』

人事課の男性に言われ、私は驚きつつ『はあ』と頷いた。直接勧誘するために面接に顔を出してくれたらしい。

こんなボロボロの人間の技術をとにかく買うと言ってくれる存在は、当時の私にはありがたかった。必死にこなしていた仕事を見てくれている人がいた。無駄じゃなかったんだと思えた。

入社して、その好印象の社長が、怖い噂のある危険人物だと聞くわけなんだけれど。それでも、その怖い社長に望んでもらえたというのは転職以来のモチベーションでもあった。

他の社員に対してどうだったかは知らないけれど、少なくとも私はたまに社内で会えば話しかけられた。『調子はどうだ?』とか『有休を消化しろよ』などの気遣いは嬉しかったし、真面目にやっている社員をむやみに嫌う人ではないのは知っていた。

昨年、アプリヒットの功労者として表彰を受けたときは直接賞賛の言葉をもらった。

『霧島、おまえのおかげだ。ありがとう』

『いえ、メンバー全員の努力が実りました』

『それでも、おまえに感謝している』

そう言っていつも厳しい表情をふっと緩めた。それは本当に優しい笑顔で、一瞬だけど見惚れてしまった。

〝ニヤリ〟じゃない〝ふわっ〟な笑顔。

(もう一度見たいな……)

ふかふかの廊下を滞在中のスイートルームに向かって歩きながら、私は伸びをした。

土曜日の今日、ホテル内のエステでマッサージを受けてきたところ。

「いやあ、快適だわ」

社長とふたりという点を抜かせば、本当に居心地がいいのだ。

暮らし始めて四日目ではあるがリゾート気分である。

(社長は朝から出かけてるし、部屋に戻ったら映画を観ようかな。大きなスクリーンがつかえたはず)

陣代社長は今朝、だれかと英語で電話していた。どんな内容か聞き耳をたてるのもいけないし、そこまでリスニングは得意じゃないけれど、『その情報は確かだな』『用済みだ。繋がりを切れ』などの絶妙に不穏な言葉が断片的に聞こえた。その後社長は誰かと会うのか出かけて行った。何時に戻るかは聞いていない。

社長は犯罪に関わるようなことはしていないと言っていたけど、社員に恐れられているのは間違いない。フランクな人でもないし、顔はいつも険しいので、社員から彼に近づいていくことがない。仕事面でも非常に厳しく、業績不振のチームは改善が見られなければ解散や解雇だってあり得る。社長の恨み言を裏でつぶやきながら辞めていった社員も幾人か知っている。

対外的にも新進のベンチャー企業として成り上がるために、いったいどれだけの敵を作りながら、業界で今のポジションを勝ち取ってきたのだろうか。

(そんな人の婚約者が私……。どう考えても、私と恋愛で結びつく人じゃない)

見た目ほど怖い人じゃないのはわかりつつあるけれど、まだ油断ができない。今回の事件で、私が彼に迷惑をかけるようなことになれば会社にいづらくなるのは想像ができる。

(クビにはならないかもしれないけれど、彼にがっかりされたらいたたまれないよ)

陣代社長の私への評価は存外高い。仕事面で信頼されているから、末光さんとともに転職させまいと動いてくれている。

私が下手な真似をして、損害を出したとき、彼は私をどんな目で見るだろう。

(信頼してもらえなくなるのは嫌だな)

そこまで考えてハッとした。私、何を考えていたの？　陣代社長によく思われたい、価値があると思われ続けたい。……そんなことを考えていなかった？

「やめよ、やめよ。余計なことを考えない」

ひとまず今回の事件が終わるまで、末光さんに接触しないようにしよう。周囲に気を付けて、トラブルに巻き込まれないようにしよう。陣代社長の言う通りに動こう。

キーを開け部屋に入ると、中から話し声が聞こえてきた。

「それについては放っておけ」

社長の声だ。もう戻ってきているとは思わなかった。電話中なら、邪魔にならないようにしないと。そろりとパーラールームに近づくと鋭い声が響いた。

「潰せ。もういらない」

あまりに冷徹な声音だった。潰せと指示をしたのは人だろうか、会社だろうか……。

朝の電話も不穏な雰囲気だったのを思い出す。

（やっぱり、怖い人……）

そう思いながら、私の胸をざわつかせるのは違うこと。

（あんなふうに私もいらないって言われる日がくるかもしれない）

いつまでも隠れているわけにもいかず、パーラールームに姿を見せた。社長は私を一瞥したけれど、通話を続けている。声のトーンは変わっていない。

邪魔しないように寝室に行こう。幸いにもロイヤルスイートはとても広いのだ。

ベッドにどさっと転がると、窓が視界に入り、四角く切り取られた都会の空が見えた。秋の日暮れは早く、もう日は傾いている。

社長が今話しているのはだれだろう。

国内外の政財界のフィクサーと繋がりがあるなんて言われていた。真っ当ではない人たちと付き合いがあるとも。

外国暮らしをしていた時期があるそうで、ご実家が資産家なのは想像できる。会社経営も順調だし、私ひとりをここに匿っていられるくらいの財力は……。

考えているうちにうとうとしてきた。どのくらい時間が経っただろうか。ドアがノックされる音で、私は飛び起きた。部屋はもう薄暗い。

「瞳」

ドアの外で社長が呼んでいる。

「なんですか？」

顔を出して尋ねると、陣代社長は先ほどまでの冷たい声音ではなく、いつも通りの様子だった。

「腹が減った。今日は近くの鉄板焼きの店に行くぞ」

「決定ですか」

「いやか？　おまえが好きそうな店を選んだつもりだが」

「好きですね、鉄板焼き」

私の返事に社長は満足そうに頷いた。先ほどの電話の彼とは別人みたい。

ホテルのほど近くにあるそのお店に向かって歩きながら、社長は希少部位の肉が残っているといいだとか、ガーリックライスは絶対に頼めだとか、そんな話をしていた。たぶん、食事という当たり障りなく、且つ私が好きそうな話題を選んでくれているのだ。

「嫌な話を聞かせたな」

ふと言われ、私は社長の顔を見上げる。

「電話……ですか？　社長の通常営業って感じでしたけど」

嘘だ。実際はちょっと背筋が冷えた。

だけど、社長が気遣ってそんなことを言うので、私も困ってしまったのだ。

「おまえに怖がられるのは本意ではない」

そう言った社長の横顔はなんとなく普段と違う。どう違うのかというと難しいのだけれど、切ないようなそんな雰囲気だ。顔立ちが綺麗な人なのだとこんな瞬間に実感する。

「ホテル暮らしは慣れたか？」

反応しそびれているうちに話題が代わって、私はようやく頷く。

「はい。私、図々しいので、存分に楽しませてもらってます。明日は朝からプールに行っちゃおうかなって思ってます。水着のレンタルもあるみたいですし」

「泳ぐのが得意なのか？」

「いいえ。クロールも十五メートルくらいで足をつきますね」

「おまえ、せめて二十五メートルは頑張れよ」

陣代社長はおかしそうに背中を丸めてくつくつ笑っている。そんなに笑わなくてもいいじゃない。

「社長……暁信さんは泳げるんですか⁉」

「泳げる。得意だ」

「証拠！　証拠を見せてくださいよ！」

「じゃあ、明日は俺もプールに付き合おう」

売り言葉に買い言葉で、明日一緒に過ごす予定が決まってしまった。待って待って。私、社長に水着姿見せる予定はない。

どうやって断ろうかと考えているうちに店の前に到着していた。

社長おすすめの鉄板焼きのお店で、お肉に海鮮にとお腹いっぱいになるまで楽しんだ。

ふたりでの食事もすっかり慣れて、遠慮なくおいしいものを味わえる。たぶん、おばあちゃんになったときに『あの時期、一生分の美食を楽しんだのよね』って思い出すんだろうなあ。

部屋に戻ってくると、社長はスマホを取り出した。

「少し、電話をしなければならない。瞳、先に風呂を使っていいぞ」

「あ、はーい」

このスイートルームには大きな洗面所のついた豪華なバスルームがある。部屋の内装は現代的でシックなんだけれど、バスルーム周りだけ白を基調とした中世ヨーロッパ風でロマンチックな雰囲気なのだ。

かわいい猫足の大きなバスタブなんて、こんな機会がなければ使うこともなかったなあと思いつつ、お湯を溜めていく。

服を脱いでバスタオルを巻き、お湯の温度を確かめつつ家から持ってきたバスソルトを入れる。少しお湯を足すと泡が出るタイプなので、シャワーに切り替えてお湯を高いところから注いだ。

そのときだ。手からシャワーヘッドがつるんと滑った。

「あ！」

シャワーが水流で蛇のごとくバスルームを暴れまわる。バスタブの外は洗い場になっているので、濡れてもいいけれど、思わずシャワーヘッドを捕まえようととびついた。

「あたっ！」

取り損ね、跳ね上がったシャワーヘッドが私のおでこを直撃したのだ。痛みと衝撃で思わず尻餅をつく。

「どうした！」

陣代社長の声だ。物音に気付いて駆けつけてくれたらしい。

「大丈夫……きゃあ！」

シャワーの角度が代わり、激しい水流が私の顔を直撃した。

「開けるぞ！」

緊急事態と思ったたか、社長がバスルームのドアを開ける。駄目、と声を出す前に、社長の全身にもシャワーのお湯が降り注いでいた。

ようやく蛇口を閉められた私と、暴れまわったシャワーを拾い上げる社長。お互いびしょ濡れだった。

「社長、すみませ～ん」

「まさか、シャワーに遊ばれていたとは……」

口調は完全に呆れている。一瞬目が合ったものの、すぐに社長は私から目をそらした。びしょ濡れになったせいで、社長は前髪が降りていて普段より少しだけ幼く見えた。

「ほら、風呂に入れ。バスタオル一枚でびしょ濡れじゃ、誘惑しているようなものだぞ」

そう言い残し、社長はバスルームを出て行った。

私は自分の格好に思い至り、言葉が出ない。恥ずかしさに全身真っ赤になりながら、泡立ちの微妙な泡風呂に飛び込んだ。

変なところを見られたという恥ずかしさから、なかなかお風呂から上がれなかった。しかし、挙句のぼせて倒れたら恥の上塗りだ。ルームウェア姿でのそのそとパーラールームに戻ってくると、スウェットにＴシャツというリラックススタイルに着替えた社長がソファでウィスキーを飲んでいた。

「瞳、こっちへこい」

「はい」

私はのっそりと近づき、言われるまま隣に座る。そして頭を下げた。

「お湯をかけてすみません。お見苦しいものを見せてすみません。大騒ぎしましてすみません」

「額を見せろ。やっぱりそうだ。赤くなってる」

そう言って社長は私のおでこに氷嚢を押し付けた。どうやらフロントに頼んで用意してもらったらしい。なおさら、申し訳ない。

「転んだだろう。他に痛いところはないか?」

「大丈夫です。……暁信さん、冷たいです」

「氷嚢だから冷たくて当たり前だ。我慢しろ」

というか、すごく近いんです。おでこを冷やしてもらっているという状況なので、私と彼の顔の距離は三十センチほど。ここまで近づいたのは、腰を抱かれたときと後ろからハグされたとき以来だ。

「自分で冷やします」

「俺としてはおまえの顔を眺めながら酒が飲めて楽しいんだが」

「からかってますね」

「からかっているように聞こえるのか？」

そう言って口の端を上げた社長にドキリとしてしまう。ささやくような優しい声も、なんだか優しさを感じる眼差しもくすぐったい。

「『ずっと、ずっと好きだった』」

社長はこの部屋に私を連れてきたときのセリフをなぞる。私を和ませようと思ったと言っていたけれど、男性経験がゼロに等しい私には驚くべき体験だった。

「だーかーら！　からかうのやめてください！」

必死に言うと、彼はもっと楽しそうに目を細める。

「おまえは面白い女で、かわいい女で、……まあ困るな。同じ部屋で暮らしていると」

そう言って社長は氷嚢を私の手に預けて立ち上がった。バーカウンターの冷蔵庫から私のためにジンジャーエールを出してきてくれたようだ。

私はたぶん赤い頬をしている。

男性にかわいいなんて言われたことがない。私をかわいいって言ってくれるのは、実家のおばあちゃんくらいだもの。

「困るなら……私はこの部屋じゃなくて他のシングルルームとかでもいいです。アパートに戻っても」

「そういう話じゃない、鈍感め。とはいえ、おまえが鈍いから、末光に奪われる前にどうにかできたんだがな……」

社長はなんだかとても楽しそうだった。私は恥ずかしいような居心地が悪いような気持ちでジンジャーエールとグラスを受け取る。

(社長、何を言いたいんだろう)

曖昧でからかうような彼の言葉に、嬉しいという気持ちがたしかに私の中に存在していた。


月曜日、私は例のごとく社長とは別々に出勤し、業務をこなしていた。お昼休みは呼ばれる前に社長室にこそこそと行くようにしている。

さすがに同僚の幾人かはその様子を知って『何かあった?』といぶかしげな顔で尋ねてきた。

『現場の社員の意識調査みたいよ。小湊副社長も同席してるし』

などと適当なことを言ってごまかしたけれど、いつまでもつだろう。そもそも社長は婚約を公のことにすると言っていた。でも、報告する場があるわけでもなく……。

ともかく本日も忙しく業務をこなし、定時から一時間半後に無事退勤。はあ、疲れた。でも、帰ったらホテルのおいしいごはんだ。今日は社長と何を食べようかなあ。

昨日の日曜は、本当にプールで泳いだ。

夜は小湊副社長夫妻がホテルにやってきて、四人でホテル内の日本料理店で食事をした。社長たちは電話や、来客で何度か離席したし、私の知らない何かの業務をしているんだろうなとは感じる。その間、小湊副社長の奥様が話し相手になってくれた。

『陣代くんは、昔からこうと決めたことは譲らないから。大変よね』

彼女はそう言って苦笑いしていた。大学時代からの友人だとは聞いている。

『でも、その分一途なの。霧島さん、陣代くんをよろしくお願いします』

『ええと。あは……はい』

よろしくお願いされても困るなあ。むしろ何をよろしくしたらいいんだろう。偽装婚約を成功させてね、という意味でいいよね。

しかし、ここ数日は決して嫌な日々ではなかった。怖い噂の社長、悪い男だと言われる社長。そんな彼と友人のように気安く仲良く過ごしている。

だからかもしれない。月曜の退勤時に自然と『今日は社長と何を食べよう』などと考えているのは。社長との日々は、居心地がいい。

(社長は社長なりに私に気遣ってくれているんだろうな)

もう赤みもとれたおでこをさする。軽く痛い。でも氷嚢を当てて、間近で見つめてきた彼を思いだすと胸のほうが痛い。

戯れでも『好き』だと言われたのが嫌じゃなかった。

(あー……なんか変かも)

ふわふわしてしまう。頬が緩んでしまう一方、胸がきゅうっと苦しくなる。

(私、ちょっとおかしくなってるな)

緩んだ頬をむにむにと押さえながら、エントランスホールに出るためにエレベーターを待つ。すると、肩をぐいと引かれた。

「え?」

そのまま、強引に一番近くのミーティングルームに押し込まれてしまった。

「末光さん……」

私を逃がすまいとドアの前に立ちはだかっているのは末光さんだ。

「霧島、きみが避けるから、なかなかふたりで話す機会が持てなかったね。強引な手段を使ってすまない」

そう言う末光さんはどこか切羽詰まった様子で、『すまない』と思っている表情ではない。おそらく、またいつ陣代社長がやってくるかと焦っているのだろう。

「末光さん、私、帰らないといけないんです」

「陣代に俺と喋るなと言われているんだろう。社長と言えど、そんな支配的な命令を聞く必要はないよ」

　私は黙った。何を言っても話が通じなそうだと思ったのだ。

「霧島、本当に陣代と付き合っているのか？」

　みんなの前では陣代社長と呼ぶ彼が、私の前では呼び捨てだ。彼の心はもう本当にこの会社にはないのだろう。

「はい、付き合っています。婚約しています」

「嘘だろう。あいつに命令されているんだ」

「嘘じゃありません！　私は……暁信さんが好きですから」

　精一杯の弁明に、末光さんは一瞬呆けたような顔をした。肩を落としたのは束の間、すぐに嘲笑めいた暗い笑みを浮かべて私をねめつける。

「陣代から俺のことを色々聞いているね。あいつは表では高圧的に振舞って、裏ではこそこそ根回しする男だからな。俺の動向なんてお見通しで、先回りしたつもりになっているんだ」

末光さんが一歩私に近づく。

「だけどな、霧島。俺がきみを好きなのは本当なんだよ。マイペースでおおらかな性格なのに、仕事は緻密で正確。きみと話していると楽しい。俺はきみが好きなんだ」

「末光さん……困ります」

「なあ、今からでも俺につかないか？　俺と一緒にこの会社を捨てよう。次の会社は、ジョージライツアソシエイツ。知っているだろう、ＪＡＧの何十倍も大きな企業だ。きみの技術を欲しがっている」

私はふるふると首を横に振った。後ずさっては逃げられないので、横に回り込むように移動して彼と距離を取る。

「私はこの会社が好きなので転職はしません」

「霧島はあいつに騙されてるんだ！」

末光さんが怒鳴った。嫌った社員に嫌味を言っているのは見たことがあるが、怒鳴った姿は初めて見た。怒声を浴びせられ、私の身体は硬直した。

「陣代は悪魔だ。人を人とも思っていない。成果ばかりを求め、金にならない者はすべて切り捨てる」

反論の余地なくまくしたてる。怒りの矛先はここにいない陣代社長に向いているようだ。

「役に立つうちだけだぞ、かわいがってもらえるのは。きみがひとつでも失敗すれば、あいつはきみを容赦なく捨てる。断言できるよ」

それは私だって考えていた。

だけど、そんなことをこの人に言われたくない。

末光さんが腕を伸ばし私の手を取った。反射的に振り払えたのはよかった。彼は私がいつでも反撃できるように備えているとは思わなかったようだ。

「……っ、帰ります‼」

私は叫んで、彼を押しのけてミーティングルームのドアから勢いよく飛び出した。追いかけてくるかもしれない。エレベーターを待っている暇はない。

一度オフィスに戻ろうか。まだ何人も居残っているはずだ。いや、早く帰ろう。もうこの人と顔を合わせたくない。

階段に向かって駆けていくと、一階降りたところで陣代社長とかち合った。社長室がこのフロアにあるのだ。

血相を変えている私を見て、陣代社長は「どうした？」と口を開きかけた。しかし、上から階段を下りて来る足音を聞くなり、私を社長室手前の給湯室に引っ張り込んだ。

大きな身体で私を隠すようにしてくれる。社長の身体越しに見えたのは、階段を使ってさらに下の階に降りていく末光さんだった。追われていた事実に今更ゾッとした。

「末光に何かされたのか？」

「何かというか、……ミーティングルームに引っ張り込まれて……」

陣代社長の表情が変わった。明らかな怒りと焦燥の表情に私が焦る。

「例の件、説得されただけです！　変なことは……されてません！」

告白されて手首を掴まれたけれど。これは言わなくてよさそうだ。

陣代社長の緊迫した表情が安堵に変わった。

「そうか……。もう少しで終わるから、社長室で待っていろ。一緒に帰ろう」

「はい……」

誰も見ていないとはいえ、手を引かれて社長室に入った。いつもお昼をご馳走になる応接スペースで座って待つ。

「暁信さんに匿ってもらえているのがありがたいと今更実感しました」

末光さんの決死の形相。社長への怒りと、私への執着。毎日、あんな感情をぶつけられていたら参ってしまう。

「悪いヤツではなかった。まあ、十年もあれば人は変わる」

「……末光さんは、暁信さんに強い気持ちがあるみたいでした」

彼の怒りはすべて社長に向いていた。私を通して、社長に憎悪をぶつけていた。

「どうせ、俺のことをひとでなしだなんだと罵っていたんだろう」

当たらずとも遠からずの推量に私は何と答えていいものか迷う。

「あいつとはたびたび意見がぶつかってきた。お互い、譲れない部分は口にすべきだし、討論すべきだ。そのリングから勝手に降りたのは末光だ。……まあ、俺とは話す価値もないと思ったのかもしれないな」

PCに向かいながら、珍しく社長の語気が弱かった。社長にとっては戦友のひとりのはずだ。

「実際、俺はひとでなしかもしれない。いらない社員は切り捨てるし、取引先も同様だ」

先ほどの末光さんの言葉が脳裏をよぎり、どきんとした。私もいずれいらなくなったら……。

しかし、私が覚えている限り、社長に文句を言って辞めていった人たちは皆それなりに理由があった。納期を守れなかったり、チームワークを乱したりといった点で、度重なる注意を受けていた人たちばかり。

「根が冷たいのだろう。他人に興味が持てない。だから、社員にも妙な噂をたてられて恐れられる」

「違いますよ！」

思わず言い返していた。普段より弱気な社長を放っておけなかったのだ。

「たしかに私も怖い噂を真に受けていました。でも、実際に暁信さんと過ごして、楽しくて面白い人だってわかりました。そりゃ、顔はちょっと怖いですし、イケメンなんだからもう少し親しみやすく笑ってほしいとは思いますけど」

言葉がそれて、咳払いする。それから立ち上がって、社長のデスクに近づいた。

「暁信さんは誤解されやすいだけなんじゃないですか？　経営判断やリスクヘッジは上に立つ者の務めですから、社員や取引先を厳しく選定するのも普通です。それを逆恨みした人間が、さも暁信さんが悪いかのように言うからおかしなことになるんです」

社長は私の顔をじっと見つめている。眼力のある彼の視線は痛いくらいだけど、もう怖くはない。

「そもそも暁信さんは優しい人ですよ。私のこと、守ってくれてるじゃないですか。

ラグジュアリーなホテルステイもありがたいですけど、暁信さんがずっと近くにいてくれるのが今では一番の安心です」

言葉が終わるか終わらないかのうちに私の視界は暗くなった。社長が私の身体をそっと抱きしめたのだ。

ハグは二度目だけれど、最初のときと違う。温かくて、優しくて、じんわり気持ちがしみてきそう。

「暁信……さん？」

「おまえは甘いよ。俺はただの社員をいちいち守ってなんかやらない。冷たい男だからな」

「でも……」

「おまえだからだ、霧島瞳。気づけ」

どうしたらいいのだろう。社長の腕の中が嫌じゃない。

そして、彼の言葉の真意を問いただしていいのかわからない。

（胸が苦しい）

何より、私自身が今わからなくなっている。この気持ちは何？

恥ずかしくて、でも嬉しくて、ずっとこうしていたいのに、いたたまれなくて。

「暁信さん……」

「今、こっちを見るなよ。勢いでキスしてしまいそうだ」

今、キスって言った？　混乱しながら、やはり彼の気持ちはそういう意味なのだと感じる。

（からかわれてるのかな。だって、私、ただの社員だよ。彼の部下なのに）

戸惑いながらも、抱擁をやめたくない。私はほんの数分、彼の腕の中でじっとしていた。

怖くて優しい私の好きな人

「陣代と霧島さんが婚約者として公の場に出る機会がきたよ」

そう小湊副社長から言われたのは、私が社長とホテルステイを始めて一週間経った日のことだった。

「金曜日、政治家の六街道《むつかいどう》先生のパーティーがある。陣代が招かれているから、霧島さんはうちの敏腕ＳＥ兼陣代の婚約者という体で参加してほしい」

「はい！　ところで小湊副社長、政治家さんのパーティーというのはどうして行われるんでしょうか」

「支援者との懇談が目的、まあ資金集めだ」

小湊副社長の代わりに陣代社長が答える。つまりはそんなところに招かれるだけの繋がりがこの人にはあるのだとあらためて驚く。

「霧島さん、そのパーティーには末光と転職先の人間も来るんだよ」

小湊副社長に言われ、私は顔を強張らせた。二日前、末光さんにミーティングルームに引っ張り込まれた件以来、私は極力社内でひとりにならないようにしている。

図太い私でも、それなりに怖い事件だったのだ。

「ジョージライツアソシエイツ日本支社の社長が六街道さんの支持者だからな。……末光には今日、正式に退職届を渡されたよ」

陣代社長の言葉の後半は、少し複雑そうでもあった。

「公の場で俺の婚約者だと紹介することで、連中に手出しさせないようにする。六街道さんとは懇意で、現況は話してある。騒ぎにするつもりはないが、先日のようなことがあった場合は俺が動けるようにする」

政治家の先生と懇意って……またしても彼の交友関係に驚きつつ、私は陣代社長を見つめた。

「私は同行して、〝敏腕SE〟らしく振舞えばいいんですね」

「その通りだ。うちのホープだと紹介した社員を、面と向かって勧誘しに来る奴らはいないと信じたいところだな」

「末光は、陣代への対抗心を霧島さんを奪うことで決着しようとしている。霧島さんが嫌な目に遭わないように、陣代も俺も気を付けるから最後まで頼むね」

「はい！　頑張ります」

元気よく返事をしたのは、おそらくこの事件の山場になるのだろうと感じたからだ。

末光さんが私を諦めて転職。顧客を奪うのも阻止。

これが終われば、私はひとり暮らしのアパートに帰れる。

社長とふたり暮らしもおしまいだ。

……あれ？　でも、そうなるともう社長との接点はなくなるの？

「瞳」

帰りの車中、私は助手席から陣代社長の方を見る。彼は運転中なので、視線はフロントガラスの向こうだ。

「パーティーに着ていく服はあるか？」

「あー……敏腕ＳＥ設定なのでパンツスーツとかじゃ駄目ですかね」

「悪くはないが、俺の婚約者設定でもある」

「そーでした……」

社長は少しだけ笑って、「どうにかする」と答える。

その横顔はリラックスして見える。なんだか私たち長く一緒にいるカップルみたいですね。

でもよく考えたほうがいい。

もともと、社長と社員。社長は怖い噂こそ嘘だったけれど、明らかに一般人じゃないコネクションやパワーを持っている。片や私は、悪い男説を真に受けて社長を見ていたただの社員。

そんな女が今さら何を考えているんだろう。ちょっと社長と仲良く過ごしたからって、特別扱いされたからって……。

全部仕事上のことでしょう。勘違いしたら馬鹿みたい。

「瞳」

「はい！」

「ぼーっとしてるぞ。腹が減ったか？」

社長はおかしそうに言う。「お腹は減りましたけど」と答えつつ、そんな顔もいいなと見とれてしまう。

「この一連の騒ぎが終わったら特別ボーナスをつけてやる。楽しみにしていろ」

「えー、本当ですか？　ボーナスって現金ですか？　長期休暇とか？」

「夢がないな。まあ、長期休暇はありかもしれない。海外リゾートでゆっくりなんてどうだ？」

「ええ⁉　素敵‼　今のホテル生活も充分セレブな非日常ですけど、そんな体験していいんですか？」

「おまえが望むならいくらでも手配する。のんびりしてこい。だから、あとひと息、協力を頼むぞ」

そう言って社長は微笑んでいた。

私はかすかに動揺していた。今、私はどんな言葉を期待していただろう。最近、私に意味深なからかいをする社長。

『一緒に行くか？』

そんなふうに言ってもらいたかったのかな。

（自意識過剰すぎ……）

私は自己嫌悪でうつむいた。


パーティー当日がやってきた。ホテルトークラの数あるバンケットルームの中でも一番大きな広間で、政治家・六街道氏のパーティーは開催された。シャンデリアの輝く華やかな空間には、多くの招待客が詰めかけていた。

「人が多いですね。末光さんたちと会うかなあ」

「向こうがこっちを見つけるだろう」

私は社長に寄り添うように会場入りした。ラウンジには小湊副社長と他数名の社員が待機していると聞いている。

社長はセミフォーマルのダークスーツで、チーフやネクタイの感じで普段とは雰囲気が違う。正直、隣を歩くのが気おくれしてしまいそうなほど格好いい。

「転ぶなよ」

そう言って私の腕を取る。

私は小湊副社長の奥様が用意してくれたブルーのドレスを着ている。カクテルドレスというほどではなく、ワンピースをもう少し華やかにした雰囲気だけれど、こういった服を着たことがほとんどないのでコルセットみたいな胴体周りが窮屈だ。

そして日頃履き慣れない八センチのヒールが怖い。いつ足首をひねって無様に転んでしまうかと不安である。

つまりは安全のために社長の腕を頼ってしまうのは仕方がなく、私が社長にくっつきたいわけでは……。ああ、もうこんな思考から早く脱却したい。

胸が苦しくもやもやするような、でもものすごく浮かれてしまうようなこんな感覚。

全部、勘違いだ。期間限定のお仕事の間、彼は私を上手にコントロールしたいだけ。

本気にするな、本気にするな。

「ドレス姿もいいな。瞳には濃い青が似合うと思ったんだ」

陣代社長は私を見下ろし、目を細める。

「え、小湊副社長の奥様が用意してくださったんですよね」

「リクエストしたのは俺だ。おまえに似合いそうな形を指定してな」

そんなことを言って期待させないでほしい。私は言葉に詰まって、むっつりと黙る。

彼の腕に頼ったまま。

パーティーはつつがなく始まった。六街道氏の挨拶があり、歓談の時間になっても
私は末光さんとその新たな仲間を見つけることはできなかった。

「六街道先生」

「おお、陣代くんじゃないか」

社長に連れられ、今日の主賓に挨拶に行く。政治家さんに会うのなんて初めて。たしか、前内閣で経済産業大臣だった人だ。

「きみが興した会社はかなり業績好調と聞いたよ。一族の誉だね、陣代くんは。お父さんも鼻が高いだろうなあ」

「もったいないお言葉です。会社は、私ではなく社員たちがすごいんですよ」

社長は好青年そのものといった雰囲気で話している。一族？　お父さん？　口を挟むわけにもいかず、私はひたすらニコニコしていた。

「今日は先生に婚約のご挨拶を。霧島瞳、私の部下で優秀なエンジニアです」

社長に紹介され、私も挨拶を交わす。

「陣代くんはやはり才能豊かな人に惹かれるんだね」

六街道氏の言葉は、褒めているような褒めていないような。だって、容姿では選んでいないと言いたげじゃない。そりゃ、私は地味でアラサーの恋愛経験なしですけれど。

「もちろん、彼女の才能には惹かれていますが、私は彼女の愛らしいところにも首ったけなんですよ」

私は社長の言葉に笑顔がひきつる。なにも、そんなのろけを言わなくてもいいじゃない。偽装婚約者なのに。

「いやあ、若者は情熱的だ」

六街道氏が言い、笑うふたり。ひきつった笑顔の私。そのとき、視界の端に見覚えのある眼鏡の男性が映った。

末光さんだ。隣にいる日本人離れした顔立ちの男性が新しい会社の上司だろうか。

こちらを見ているけれど、私が視線を合わせるのはやめたほうがよさそうだ。

そして、陣代社長はもっと早く彼らの存在に気づいているに違いない。目配せすると社長は軽く頷いた。

社長に寄り添うようにパーティーの時間を過ごした。様々な人と挨拶し、歓談する陣代社長は、つくづく私とは違う世界の人だと痛感する。

二時間ほどが経った頃だ。お手洗いに行きたい。さすがに女子トイレまで社長についてきてもらうわけにはいかない。すぐに行って戻ってこようと、社長にひと言告げて会場を出た。

お手洗いに入ってすぐに鏡台の前で「オウ」とか「アー……」とか声をあげる金髪の女性と遭遇した。

どうやら何か探している様子。それから、困ったようにため息をついている。

「どうかしましたか？」

日本語で話しかけてみると、振り向いた彼女が英語で答える。私の高くないリスニング能力で聞き取れた範囲だと、コンタクトレンズをなくしてまったく見えないというのだ。

「メ、メイアイ、ヘルプユー？」

完全に日本語発音で尋ねると、部屋に眼鏡があるから、部屋まで連れていってほしいと頼まれた。

怪しい。どう考えても怪しい。

ホテルの従業員を呼ぼうかとも考えたけれど、彼女は心底困った顔で助けてほしいと懇願してくる。

「お、オーケー。プリーズウェイトアミニッツ！　アイルフィニッシュザレストルーム！」

精一杯、合っているかも微妙な日本語発音の英語を繰り出し、個室に入った。

陣代社長に念のため連絡をしておこう。メッセージアプリを開き、急いでタップ。

「お、おまたせしました。レッツゴートゥギャザー」

「thank you」

「6010ですね。部屋番号」

彼女に言われるままに客室へ向かうため、エレベーターホールを目指す。

六階のその部屋の前までやってくると、彼女は鍵を開け、中まで一緒についてきてほしいと言った。見えないから不安だ、と。

（怪しい！）

そう思いつつ、ここで突き放して本当に困っている人だったら申し訳ない。

「わかりました。中に入りましょう」

私はことさら大きな声で返事し、彼女に伴われて室内に入った。

暗い廊下の先、客室には電気がついていた。

「やあ」

ソファに座っていたのは末光さんだ。隣にはあの上司と思しき茶色い髪の日本人離れした男性がいる。視力がなくて困っていたはずの女性がさっとその男性の横に立った。

「やっぱり、末光さんでしたか」

「わかっていてのこのこついてくるんだから、霧島はお人好しだね。それとも俺の話に乗る気になったのかな」

末光さんはソファに深く腰掛け、手をお腹のところで組んでいる。なんとも悪人っぽい。

「JAGソフトウェアを辞める気はありません。暁信さんのもとへ戻ります」

「そうおっしゃらないでください。霧島さん」

末光さんの横の男性が流暢な日本語で言った。

「ジョージライツアソシエイツのフォードと申します。日本支社と本社を繋ぐマネージャーという役職にいます。私があなたに今以上の待遇をお約束しますよ」

彼は末光さんより穏やかな口調だが眼力は強い。

「霧島さん、あなたの手掛けてきた仕事は前職から含めすべて拝見しました。非常に粘り強く取り組まれた内容と、ひらめき、発想力に驚かされました。あなたは得難い人材だ。我が社なら、あなたの能力をもっと活かせます」

私は負けまいと背筋を伸ばす。

「残念ですが、現在のお仕事にやりがいを感じていますのでお断りします。社長の陣代とは婚約中です。今後は公私ともに彼を支えていくつもりです」

「パーティーの最中、きみがいなくなれば陣代はどう思うかな」

末光さんが鼻で笑うように言った。

「そのまま帰らなければ、上司であり未来の夫を裏切ったと思われても仕方ないいんじゃないか?」

「私を拉致でもしようと考えてます?」

「頭が冷えるまで、陣代から引き離すのもありだとは思っているよ」

立ち上がり、末光さんが私の横に立った。横から顔を覗き込んでくる。

「考え直すんだ、霧島。JAGの主要な取引先の中でも、こちらに乗り替えるという返事をたくさんもらっている。JAGは先細りだぞ。沈む舟に乗っていてどうする」

右手を私の腰に回してくるので、私はその手を振り払った。

「なんと言われようと、会社を裏切る気はありません。裏切りたいなら、末光さんおひとりでどうぞ！」

伸ばされた腕から逃れようと駆けだす。しかし、高いヒールが毛足の長いカーペットに引っかかり、足がもつれた。

転ぶ。そう思った瞬間、私を抱きとめた人がいた。部屋に駆けこんできた陣代社長だった。

後ろには小湊副社長がいる。

「陣代、おまえ、どうして」

末光さんが驚愕の表情をしているので、私は陣代社長の腕の中でスマホをポシェットから取り出して見せた。

「最初から、通話を繋いでいました」

お手洗いから女性を送るとき、陣代社長からされた指示だ。だから、部屋番号ややりとりが聞こえるように、私にしては精一杯声を張って話していた。

「ちなみに部屋の鍵がオートロックだろうが関係ない。忘れているようだが、このホテルトークラは、うちの本家の持ち物だ。俺が開けろと言えば、支配人は部屋を開ける」

　末光さんが舌打ちをし、その後ろにはフォード氏と女性が来ている。

「ジョージライツアソシエイツ本社マネージャーのフォード氏ですね。その末光は差し上げますが、うちの取引先と霧島瞳は渡せません」

　陣代社長が私を抱きしめる腕の力を強める。それはパフォーマンスとは少し違う力に感じられた。

「末光、おまえが話をつけたと思い込んでいた取引先は、すべて俺のほうで話し合いが終わっている。おまえに乗る会社はない。おまえの提示する条件を怪しんで、俺に直接相談してきた会社も多くあったぞ。人望のなさが裏目に出たな」

　陣代社長の冷徹な宣告に、末光さんは目を見開き、それから血がにじみそうなほど強く唇を噛みしめた。小湊副社長が私たちの後ろからさらに言う。

「フォード氏、ここにいる場合ではないことはお知らせします。ほんの数分前ですが、ジョージライツアソシエイツ本社に連邦捜査局が入りましたよ」

　フォードという男が顔色を変えた。女性の方は秘書らしく、すぐにスマホで電話をかけ始めている。

「本社で行われていた巨額の取引。相手は南米のマフィアグループだとか。日本支社はマネーロンダリングの場だったそうじゃないですか。実りのないヘッドハンティングをしている場合ですかね」

陣代社長がとどめの言葉を投げ、電話をかけていた女性が大声でやりとりする声が響く。フォード氏も真っ青な顔で部屋の奥へ引っ込んでいった。おそらくは本社や関係先と連絡をつけるためだろう。

取り残された末光さんが呆然と立ち尽くしている。

「さて、末光。おまえの転職先は風前の灯となったわけだが、どうする？」

陣代社長は冷淡に告げる。

「おまえとは古い付き合いだ。辞表は破り捨てておいてやる。ＪＡＧに残りたいなら残ればいい」

「……ごめんだな。偉そうに言いやがって」

末光さんが震える声で言い、陣代社長をキッとにらんだ。陣代社長は短く嘆息し、それから口を開いた。

「いつからか、おまえは俺に直接意見しなくなった。そんなふうに腹に恨みを溜めるくらいなら、喧嘩でもなんでもしたかったよ、俺は」

末光さんもまた嘆息した。こちらは長く、諦めの心境の入ったものだった。

「言えなかったよ。すべてにおいて、勝てないおまえにはな。学生の頃から、俺はおまえに劣等感しかなかった」

「末光、俺はそんなふうには思っていない」

「わかってるよ。俺が勝手に気持ちで負けていただけ。……今後、おまえの顔を見なくて済むことだけが救いだ」

私は陣代社長の腕の中からそっと抜け出す。彼らの決別の瞬間だと感じた。

「陣代、小湊、もう行ってくれ。清田にもよろしく。……霧島、巻き込んですまなかった。きみに告げた気持ちは忘れてくれていい」

私たちは彼らを残して部屋を出た。

末光さんが私を好きだと言ったのはどこまで本心だろう。好意はあったのかもしれない。だけど、きっと陣代社長に勝ちたいという対抗心の上に成り立つものだったんじゃなかろうか。今となってはもうわからないし、それでいいと思った。

「おふたりとも、ベストタイミングでした。乗り込んでくるの」

「霧島さんが通話を繋いでいてくれたからね。部屋番号がわかった時点で、カードキーは入手してあったし」

「支配人には話を通しておいた。パーティー会場で接触がなければ、部屋を使うだろうとは思っていたからな」

　ふたりは足元がおぼつかない私を両側から支えるように歩いてくれる。実はそれなりに緊張していたようで、今更ながら足が震えるのだ。

「本社の捜査の件、これもタイミングがよすぎませんか？　暁信さん、何か知っていたんですか？」

「ある情報筋から、近々に捜査の手が入るとは聞いていた。今日この日だったのは偶然だが、末光とフォードというマネージャーに同時に致命傷を与えられたのはよかったな」

　淡々と言う陣代社長はやはり少々怖い男だ。なにしろ、末光さんがすべて話をつけたと思っていた取引先も、とっくに取り戻し済みだったのだもの。

　さらには情報網や、交友関係や……本家とか一族とか……。

「あの、暁信さんのお家って……」

「ああ、霧島さんは知らなかったか」

　小湊副社長が笑って言った。

「旧財閥の村友《むらとも》家の分家が陣代家だよ。陣代のお父さんは村友の執行役員のひとりで次期総帥」

「本家が女系続きでな。このままだと親父が継ぐことになりそうだ」

陣代社長もけろっとした顔で言う。

「陣代家もめちゃくちゃ手広く事業やってるじゃん。家業はお兄さんが継いでるんだよな」

「ああ。だから、俺は悠々と自分の会社を持てる」

驚きすぎて言葉が出ない。旧財閥の村友は知っていたけれど、お父さんがそこの次期総帥？　お兄さんも社長？

悪い人たちとの付き合いこそないけれど、とんでもないビッグなお家柄の御曹司様だったんじゃない！

でも考えてみれば頷けることばかりだ。いくら社長だからって、あんなハイグレードホテルを自宅みたいに使えるのは普通の金銭感覚じゃない。

「瞳、疲れただろう。おまえに特攻させてしまって申し訳なく思う」

陣代社長がこちらを見る。その目はとても優しくてくすぐったい。

「いえ。大丈夫です。非日常の連続で、今なんか気が抜けてしまって」

「もう撤収しよう。……小湊、後は頼んでもいいか？」

私の腰をぐっと力強く抱く陣代社長。どきんと胸が跳ねたけれど、抗わない。嫌じゃないし、あと少しで終わりならもう少し甘えたい。

「大丈夫だよ。車だから飲んでないだろ。霧島さんを連れて帰んな」

「恩に着る」

私は小湊副社長に頭を下げ、陣代社長に寄り添うようにホテルを後にした。


ホテルに戻り、ここもまた村友グループのものだったなと今更ながらに思い出した。

十日ほど暮らした部屋に帰り着くと、不思議なもので深い安心感を覚えた。

同時にこの日々が終わるのを実感する。

「事件解決ですね」

窓に立ち、都心の夜景を眺めた。後ろに陣代社長が立っていた。

「ああ、ご苦労だった。おまえの役割は終わりだ」

静かな言葉に胸がきゅっと詰まる。

「明日にはホテルを出てアパートに戻ります」

「せっかくだから、日曜までホテルステイを楽しんでいけばいい」

「あはは。そうもいきませんよ。偽装婚約もこれで終わりなんですから」

数瞬の沈黙が流れた。耐え切れなくて振り向いた私は何を言おうとしていたのか。

言葉が吹っ飛んでしまったのは、社長が力強く私を抱きしめたからだった。

「あきのぶさ……社長……」

「名前で呼べと言っただろう」

「でも……」

「『ずっと、ずっと好きだった』……まだ伝わらないか？」

耳元でささやかれる声に涙がにじむ。だって、それは冗談でしょう。私相手に、あなたみたいな人が本気で恋するなんてあり得ない。

「最初は優秀だなとしか思わなかった。だけど、気づいたらおまえを目で追っていた」

「そんな……私なんか」

「笑っている顔がかわいいと思った。責任感が強いのに周りを追い詰めない柔らかさは、見習いたいと思っていた」

陣代社長の低い声が身体に直接響く。

「末光がおまえを狙っていること、転職先にさらっていこうとしていること……我慢ができなくなって今回の計画を立てた。最初から、俺はおまえを奪われたくなくて動いていた。部下としてだけじゃなく、女としても」

涙が頬をつたった。この人は、これほど熱い気持ちを隠していたなんて。

そして、同じ気持ちが私の中にももう存在している。

「暁信さん、私も……あなたを好きになってしまいました……」

社長が抱擁を緩めたのは私の表情を確認したかったからだろう。間近く見つめ合い、私はもう一度告げた。

「怖いと勝手に思っていたあなたに優しくされて、大事にされて、人生で初めての……恋をしてしまいました……」

言葉が終わる前に唇を奪われた。もっと伝えたいことがあった気もする。でも、それはこれから伝えていけばいい。

今は彼から与えられるキスに集中したい。

何度も軽く触れ、それから深く深く重ね合う。人生で初めてのキスはわけがわからないくらい幸せな味がした。

「いいのか？」

唇を離して、陣代社長がささやく。その瞳はシャープで怜悧ないつもの様子とは違い、熱を孕んだものだ。吐息まで甘い。

「偽装婚約じゃなくなるぞ。本気で俺の婚約者になってくれるか？」

「はい。不束な女ですが、私でよければ……」

また最後まで言わせてもらえずキスで塞がれる。きつく抱きしめられ、強引だけど甘くて腰がくだけそうになるキスをされ、私は必死に彼の背にすがりついた。

「悪い……」

激しいキスの合間に謝られ、私は荒い息を整えながら尋ねる。

「もしかして、今まで我慢してくれていました？　こういうこと」

「当たり前だろう。好きな女と十日も同居して、手を出さなかった俺を褒めろ」

横柄な言葉を大真面目に言う陣代社長に、思わず笑いがこみあげた。

「こら、笑うな。俺は真剣に」

「好きです。社長」

私は自分から陣代社長にキスをした。初心者の私は頬に軽く、が限界だったけれど。

「あの、恋愛経験がほとんどないのでご期待に副《そ》えないことばかりですが……末永くよろしくお願いします」

私たちは見つめ合い、もう一度ゆっくりと唇を重ねた。

＊　＊　＊

「暁信さん、お待たせしましたー」

アパートの外階段をカンカン鳴らして急ぎ足で降りた。十二月の朝は日差しが眩しく、空気はきりりと澄んでいる。

「急いでないから大丈夫だ」

車の外で待っていた暁信さんは、私のボストンバッグを受け取ってトランクに入れた。

ジーンズにジャケットという私服姿はラフで、彼のスタイルのよさがスーツより強調されているように思える。あまりに素敵で胸がぎゅうっと苦しくなった。

「助手席に乗れ。途中で飯を食うぞ。蕎麦だ、蕎麦」

「はーい。お蕎麦大好きです」

私たちはこれから一泊二日の温泉旅行に出かける。


あの事件からひと月が経った。末光さんは退職していき、彼の転職予定先だったジョージライツアソシエイツは経営陣から多くの逮捕者が出て解散した。小湊副社長、清田部長が末光さんの転職先選定を働きかけたらしいが、末光さんは一切を断り、しばらく海外を回ると出国していった。暁信さんたちからすれば古い仲間だ。行き違いや恨みがあっても、簡単に切り捨てられる絆ではないのかもしれない。

私と暁信さんは交際一か月。

婚約の件は知らず知らずのうちに社内に広まっていた。そもそも、毎日社長室でランチしていると噂になり、さらには例のパーティーに私を婚約者として帯同させたという情報が、取引先から社内に逆輸入の形で広まった。

同僚には『脅されたの？』『なにか弱みを握られた？』などなど心配されたが私は胸を張って答えた。

『社長に助けられて恋に落ちただけです！　社長は怖い人じゃないですよ』

そんなわけで私たちは社内でも公認の婚約関係になっている。

交際以来何度かデートはしているけれど、実はお泊まりはあのホテル以来。

そして想いを伝え合った日も、私たちはキス以上は進んでいない。

私が恋愛初心者だから、暁信さんは無理強いしなかったのだ。

でも今日！　私たちは初旅行！　しかも温泉！

絶対そういう関係になると思う！

（生まれて初めてかわいい下着を買ってしまった。脱毛やパックまで頑張ってしまった……）

気合いの入り具合は緊張の裏返しなのだけれど、私としては暁信さんに嫌われたくない。絶対最初の夜を成功させたい。

「瞳」

「ん、ひゃい！」

「なんだその返事。かわいいぞ」

暁信さんが笑う。そんなあなたのリラックスした横顔のほうがかわいいです。

「二日間、ふたりきりだな」

「そ、そうですね！　ホテルステイ以来だから楽しみです！」

「あのときはまだ本当の恋人じゃなかった」

暁信さんが優しくも熱い声音で言う。

「二日間、徹底的におまえを甘やかすから、覚悟しろよ」

「わ、あ、あの、お手柔らかにお願いします」

「俺が怖い男でも悪い男でもないのはわかっただろ。優しくする」

ああ、〝優しく〟ってどういう意味だろう。真っ赤な顔で頬を押さえて恥ずかしさにうめいてしまう。

「暁信さんは、やっぱり怖い人ですよ」

「どこがだよ」

「初恋なのに、私、もうずっと暁信さんのことしか考えられない。こんなに夢中にさせるなんて怖い」

「おまえな、それは俺を煽ってるのか？　旅館まで我慢できなくなるぞ」

　暁信さんは声をあげて笑い、私も真っ赤な顔でデレデレ笑った。

　弊社の社長は怖く見えるし、不穏な噂がささやかれもするけれど、実はとっても甘々で優しい素敵な婚約者です。

（了）

冷酷弁護士の溺愛
～お見合い相手は、私の許せない男でした～

なとみ

プロローグ

「どういうおつもりですか」

「どういう、とは？」

目の前の男は余裕のある笑みを浮かべている。

テーブルの正面から玲《れい》が向けているのは厳しい視線だが、彼はまるで意に介さないというようにコーヒーカップを手に取った。

「とぼけないでください。結愛《ゆあ》にしたことを覚えてないんですか？」

男はにこりと微笑んだ。

「覚えてるよ。彼女は大変だったね」

「大変だったね……って！」

玲は膝の上で拳を握りしめ、男を殴りたい衝動を抑えつけた。

「悪いとか、思っていないんですか？」

「悪い？」

申し訳ないとは微塵も思っていない顔だ。上げられた彼の目が予想以上に冷え切っていて、それにぞくりとなる。

「一宮《かずみや》のお嬢さんが、そんなに正義感が強くて大丈夫？」

だが、出てきたのはからかうような声色だった。かっと顔が熱くなる。

（なんなの、この人……！）

まともに対応すべき相手ではない。

「私は、あなたと結婚することはできません。信用できないし、何より、あなたを許せません」

「俺はそうじゃない」

「え？」

玲は、予想外の言葉に固まった。

彼は机の上で指を組み、居丈高ともいえる態度でこちらを見下ろしている。

「君の家柄は、俺にとって都合がいいからね」

「は⁉」

「ぜひ、結婚を前提にお付き合いしてください」

二の句が継げない。

信じられない。

こんな言葉で口説かれて、うんと言う女がいるだろうか。

玲は確信した。

この男を好きになることなんて、今後一切、ありえない。

絶対好きになりません

「ここで大丈夫です」

一宮玲は、そう言ってタクシーを止めた。

スマホで精算をして車を下り、目の前の白い壁に囲まれた建物を眺めてため息をつく。

玲の実家であり、つい数年前まで住んでいた場所だ。だが、気が進まないという表情を隠すことはできなかった。

『玲！　おかえりなさい』

インターホンを押すと、すぐに母が応えた。明らかに安堵した声だ。

開錠の音がして扉をくぐる。気合を入れるように、ふう、と息を吐いた。

玲は今、ここから数駅離れた場所でひとり暮らしをしている。父にも母にも、どうしてそんなことをしたいのか、家を出るのは結婚してからでいいじゃないかと何度も反対されたのだが、少しでもここから逃げ出したい気持ちが強かった。

玲の父がグループのトップに立つ一宮グループは、古くから縫製業を営み、複数の系列企業を持つ。そのひとり娘である玲は、経済的には幼い頃から何不自由なく育てられた。だが、よい夫を迎えるため、良妻になるためにと、毎日決められた習いごとをこなすことを求められた。

幼い頃は素直にそれが自分の役割なのだと思っていたし、両親の期待に応えようとしていたのだ。だが大きくなるにつれ、父と母の『女は必要以上に口を出してはいけない。自分の意思はいらない』という考えを窮屈に感じるようになった。

父は部下に対してもそうだった。家に訪れる会社の関係者と父との会話を耳にした玲は、父が口答えをせず自分に付き従う部下——それも、いわゆる賄賂のように父が傾倒する画家の絵画を贈り、こちらに媚びる相手を優先して取り立てていることに気づいてしまった。一方で、真に会社のためを思って進言してくる者は左遷し、最終的には退職に追い込んでしまう。

祖父がトップにいた頃はそうではなかった。祖父は、『玲は賢い。自分の意思を持って、お前の感性を生かし、一宮グループの力になってくれ』と言って優しく頭を撫でてくれたし、そんな彼を慕う部下は多かった。だが祖父が入院するやいなや、父は行動を変えた。そういう人事は絶対にするなと、あれほど祖父は言っていたのに。

祖父は亡くなるまで、一宮グループの今後を心配していた。

玲は父に何度も、それはよくないことだと伝えてきた。だが当然口を出すなと言われたし、祖父と比較されてきたことによる意地もあるのだろう、父は変わらなかった。そして最近は、そんな父から呼び出されることが増えていた。

「そこに掛けなさい」

リビングに足を踏み入れると、白髪交じりのどっしりとした風格の父は、こちらを見ずにそう言った。

壁に掛かる絵がまた新しいものになっていて、それにもため息が出そうになる。きっとまた、誰かから贈られたものだろう。

「お父さん。私、もうしばらくお見合いはしないって言ったよね」

玲はスーツ姿のまま、腰を下ろすこともせず言い切った。

父は新聞から顔を上げ、呆れた様子で言う。

「またそんなことを……お前はもう二十八だぞ。いい相手を見つけてやろうという親の気持ちをなんだと思ってる」

父は玲を聞き分けのない娘だと決めつけているようだが、呆れているのはこちらのほうだ。

彼がしようとしていることは玲のためになどなっていないのだと、いつ気づいてくれるのだろうか。

父がこのような話を持ってくるのは、もう五度目になる。さらに今回に至っては、『十月三日にセザンヌホテルに来るように』とだけ留守電が入っていた。

顔を合わせなければ話にならないと思い、わざわざ帰ってきたのだ。

父は議員などとも懇意にしており、そうした伝手から玲に見合い話を持ってくる。一度は頑なに突っぱねた。一度は相手の顔を潰すなと言われ、顔だけ合わせてお断りをした。そんなふうにして四度破談になり、いよいよ父も限界なのだろう。

だが玲は決して、親への反抗心から闇雲に拒否しているわけではない。

何不自由なく育ててもらったことには、心から感謝している。

けれど、祖父譲りの真面目な気質もあってか、玲が思春期の頃から抱き始めた父への抵抗感が、実際に社会に出て働いてみて、そして身近で起きたある出来事によって確実なものになった。

父が連れてくるお見合い相手は、これまで全員、父が有利にグループ経営を進めるために懇意にしておきたい相手の息子だった。それは仕方のないことだと玲もわかっているが、問題は彼らの人柄だった。

有力な親の下で好き放題散財している放蕩息子、ペーパーカンパニーの社長という肩書だけを与えられた、実際には会社というものに一ミリも興味のない男。

明らかに結婚後、父が彼らの手綱を握り、自分が経営を続けていけばいいと考えていることが透けて見えた。

そんなことをしてうまくいくはずがないのに。

父は引退後も自分の地位を保っておきたいようだった。そして相手もそこに付け込み、あわよくば会社の経営を自分たちに有利なように進め、甘い蜜を吸おうとしていることが伝わってくる。

玲の未来だけではない。一宮グループ、そして従業員の未来を脅かすような、そんな政略結婚に希望など持てるはずがない。

「人は、家柄や立場だけでは決まらないでしょう？」

「お前はわかってない。釣り合わない相手に嫁げば、しなくていい苦労をすることになるんだぞ」

わかっていないのはお父さんのほうでしょう、と喉まで出かかる。

そのピリピリとした雰囲気に耐えかねてか、母が玲、と声をかけてきた。

「あなた、まだ結愛ちゃんのことを気にしてるのね？　彼女はかわいそうだったけれど、時間が解決してくれるわ。あなたがそんなこと言っているうちに、また先を越されちゃうわよ」

玲はもう、母の言葉にどこから突っ込んでいいのかわからなかった。

結婚は早い者勝ちではないし、結愛の傷が早く癒えてほしいとは思うが、どれだけ時間が経っても彼女の元夫のことは許せない。彼を庇った人たちのことも。

『玲ちゃん、彼、女の人がいるみたいなの』

月島《つきしま》結愛は、玲が幼稚舎の頃から一緒に育った大切な幼なじみだ。

玲は、優しくて純粋な彼女の幸せを誰よりも願っていた。

そんな彼女が見ていられないほど痩せてあれほど苦しんでいた姿を、そう簡単に忘れられはしない。

彼女が結婚した相手は、有名政治家のひとり息子。

だが、結婚した矢先、彼に裏切られていることが判明したのだ。

『今どき、愛人のひとりやふたりくらい』

結愛が悩んだ末相手の両親に相談したとき、義父はそう言い放ったそうだ。

『慰謝料？　今後うちからの支援がなくなって困るのはそちらでは？』

『示談に応じているだけで感謝してもらいたい』

玲は親族の話し合いの場に入ることはできなかったが、結愛から聞いた話では、相手側の人間が数人がかりで彼女を取り囲み、そう言って責め立てたのだという。

『玲ちゃん、私もう、頑張れない……』

間違っているのは彼らのほうだ。

でもぼろぼろになった彼女に、負けないで、なんて言えなかった。

自分たちは家同士の序列の前で、簡単に道具にされ、蔑ろにされる。

そしてそんな力関係の前で、大の大人が何人も自分の利権を優先し忖度をする。

そのすべてに幻滅した玲が、父の持ってきた見合い話に前向きになんてなれるはずがない。

「こんなに反抗的になったのは、大学に行かせて、仕事なんかさせたせいだ」

そう母に言う父の姿も、もう何度目にしただろう。

(わかり合えない……)

玲はやるせなさに下唇を噛んだ。

「もうお前は釣り書きも見なくていい。前みたいなことをされては困るからな。十四時にセザンヌホテルに来い」

「お父さん！」

「今度余計な真似をしたら、お前の会社に連絡をしたっていいんだぞ。結婚させるので退職させます、とな」

「な……っ」

なんて非常識なことを。そんな連絡、絶対に困る。

「わかった、行くから！」

額に手を当ててそう絞り出す。

父が今回ここまでの強硬手段に出たのは、前回釣り書きの情報を見た玲が、父に無断で相手に断りの連絡を入れたからだ。

今仕事を辞められる状況ではなく、お会いしてもきっとご期待に添えない。貴重なお時間をいただいては申し訳ない。

そう、精いっぱい配慮して断りを入れた。

それでも相手と父の顔を潰すとはわかっていたが、一度ここまですれば、馬鹿な娘だと見限って父も諦めてくれるだろうと思ったのだ。

だが、無駄だった。

しんとしたリビングで、その冷え切った雰囲気を変えようとしたのか、母が言った。

「玲、久しぶりに、夕食も食べていかない？」

「ごめん、予定があって」

そう言って背中を向けた。

母には悪いが、今、顔を合わせて和やかに食事なんかできない。

（とりあえず、三日は行くしかない、か……）

玲は浮かない顔のまま、実家を後にすることになった。


そうして見合い当日を迎えた。玲の気持ちに反するような気持ちのいい日だ。

玲はワンピースに身を包み、ホテルの前に立っていた。

ふう、と息を吐き、見合いには適さない険しい表情で中に入る。

できればこの話も流れてほしい。だが、父があぁ言ったことで、玲も追い詰められていた。

会社とひとり暮らしは、玲にとって守りたいものだ。ひとりの人間としていられる場だと思っている。

仕事はもちろん大変なこともあるが、自分の足で生きているという感覚が玲を支えてくれる。

フロントスタッフに案内され、玲は併設された喫茶店に入った。

落ち着いた照明に照らされた店内を進み、奥の個室へと案内される。

父と母の顔が見える。そして、こちらに背中を向ける男性がふたり。

(どうか、気に入られませんように……)

いつもそう願う。だが一方で、変な醜聞が出回り、一宮の事業に影響してはいけないともわかっている。あまりに突飛な振る舞いをするわけにもいかない。

(せめて、仕事を続けることにだけでも理解のある人だったら)

これまで誰ひとりとして、そんなことを許してくれたお見合い相手はいなかった。

だが、もしかしたら、今回は。

「お待たせいたしま……」

足を進めて、そうして、相手の顔を見た瞬間。

玲は息を呑んだ。

「おお、玲、遅かったな！　伊神《いがみ》くんもお待ちだぞ！」

「伊、神……」

硬直する玲に、母が眉を寄せた。

「玲、どうしたの？」

その視線の先を見て首を傾げる。

「伊神さんをご存知なの？」

（知ってるも何も！）

そこに座っていたのは、黒髪に色気のある笑みを浮かべた、端麗な男だった。

そして彼のほうも玲を見て一瞬目を丸くし、ふわりと微笑む。

「ご無沙汰しております」

忘れるわけがない。

――弁護士、伊神亮介《りょうすけ》。

「月島さんの件では、お世話になりました」

（私のこと、覚えてるの？）

玲は衝撃のあまり、とりあえず会釈をすることしかできなかった。

「月島さんって、まさか、結愛ちゃんのこと？」

母は一瞬まずい、という表情を浮かべ、父の顔をちらりと見る。状況を察したようだ。

そう、この男は、絶対に玲のお見合い相手として連れて来るべき相手ではない。

この男は、玲の幼なじみ――結愛を傷つけた相手の男の、お抱え弁護士だ。

「それはそれは、奇遇ですなぁ」

父がはっはっはっと声を上げて笑う。流石に表情に出すことはしない。

そしてそれは、伊神も同じだった。

「ええ。ご友人とはお伺いしておりましたが、一宮のお嬢様だったんですね」

(この人……)

玲は、自分の顔に強い敵意が浮かびそうになるのをなんとか抑えた。

玲が誰かわかって気まずい状況だろうに、彼は表情を変えない。

彼にとってはあくまで仕事での出来事で、なんの問題もないとでも思っているのだろうか。

玲は、彼を含めて、あのとき結愛の元夫についた者たちを許してはいない。この男も仕事だったと頭では理解しているが、それでも結愛に対する追い詰め方はひどいものだった。

玲は一度だけ、伊神と会っている。

今にも倒れてしまいそうな結愛の支えになれたらと、結愛の元夫と弁護士である伊神との話し合いの場に同席したのだ。

『誠意として示談金くらい支払うべきでは』と訴える玲に、どうせ父に出してもらうからいいと思ったのだろう、元夫も拒みはしなさそうだった。なのに。

『払う必要はありませんよ』

そう冷たく言い放ったのは伊神だ。

この男に情はなかった。自分の雇い主に有利になるよう、徹底した態度だった。

（でも……）

彼の隣に座っているのは、玲も幼い頃から知っている代議士の階堂《かいどう》だ。彼の紹介である手前、下手なことはできない。

「そうか、三十二だと聞いていたから、まさかそんな若くして園池《そのいけ》さんの担当をされているとは思わなかったよ」

「伊神くんのお父さんは一代で財を成されていてね。息子の彼は帝都《ていと》大学を出て弁護士をしている。今どき、なかなかいない優秀な男だ」

伊神は恐縮です、という様子で頭を下げる。

「私もね、彼ならばということで推薦させてもらったんですよ」

これまでのお見合い相手とはどこか毛色が違う。

父は成金を嫌っている。自力でのし上がった人間は意思も強く、扱いにくいからだ。

権力者に媚びる伊神のような人間であれば問題ないと思ったのだろうか。

玲も、もし彼の人柄を知らなければ、優秀な大学に進み弁護士となり、若くして大物政治家に指名されている彼に興味を持ったかもしれない。

だが。

こちらに向けられている、自分の見せ方をわかっているかのような柔らかい微笑み。そんな顔を向けられても意味はない。玲は知っているのだ。

その裏にあるのが、冷酷な弁護士の顔だと。

「玲さんは今は何をされているんだい？　習いごとだとか」

階堂がにこやかに尋ねる。

玲に余計なことを言わせまいとでもいうように、父が代わりにそれに答えた。

「いやぁ、実は今、関係企業のほうで軽く仕事をさせてるんですよ。結婚までという約束でね」

「お父さん！」

玲は慌てて父のほうを見た。

こうして玲の意思に関係なく話を進めるのをやめてほしい。これまで何度もそう思い、伝えてきたのに。

「伊神くんも多忙だから、結婚したら家で支えてあげる人がいないとなぁ」

それが常識だと疑いもせず笑う父と階堂の前で、玲が下唇を噛んだときだった。

「ご自身でも社会に触れようとなさる姿勢は、ご両親が常々、そうした素晴らしい意識をお持ちだからなのでしょうね」

助け船を出したのは、まさかの伊神だった。

穏やかな声色だったが、その言葉はやけに強く玲の耳に響いた。

「私には玲さんのような企業勤めの経験はありませんから、機会があれば普段のお仕事のお話を伺えればとてもありがたいですね。もちろん、ご無理のない範囲でですが」

父は一瞬動きを止めたが、遠回しに自分を褒められたことによってそれを否定することもできず、あははと笑った。

「よかったなぁ玲、彼はお前のわがままも尊重してくださりそうだぞ」

玲はこの場のすべてに、頭を抱えたくなった。

彼の言葉はありがたかったが、そもそも彼のことを信用できないという大前提がある。

彼もわかっているはずだ。いや、わかっていてほしい。

玲が絶対に、彼を好きになるはずがないと。

「単刀直入に伺います」

なんとか階堂と両親を先に帰らせ、玲は伊神とふたりきりの時間を設けることができた。

「どういうおつもりですか」

まっすぐ自分を見る玲の視線に動じず、彼はリラックスした様子でコーヒーを口に運ぶ。

その仕草が洗練されているのに、また腹が立つ。

「どういう、とは？」

「とぼけないでください。結愛の……月島結愛にしたことを、覚えてないんですか？」

伊神はにこりと微笑んだ。

「覚えてるよ。彼女は大変だったね」

「大変だったね……って！」

伊神はくすりと笑い、ネクタイに軽く指をかけた。

先ほどとは変わり、砕けた様子を見せる彼に眉を寄せる。

「悪いとか、思っていないんですか？」

「悪い？」

彼が手に持ったコーヒーカップから上げた目が予想以上に冷え切っていて、ぞくりとなる。

「一宮のお嬢さんが、そんなに正義感が強くて大丈夫？」

だが、出てきたのはからかうような声色だった。かっと顔が熱くなる。

（なんなの、この人……！）

まともに対応すべき相手ではない。

だが、彼の言った言葉は、玲の本質を見抜いていた。

大丈夫ではない。

この立場や取り巻く環境を疑問に思い、このままではいけないとわかりながらも、それに抵抗する力もない。

「大丈夫、ではないです。日々、父には失望しています。……それから、自分にも」

その言葉に伊神は目を丸くし、ふ、と笑いを落とす。

どこか彼の笑顔の種類が変わったような気がしたが、それを気にせず続ける。

「私は、あなたと結婚することはできません。信用できないし、何より、あなたを許せません」

「俺はそうじゃない」

「え？」

玲は、予想外の言葉に固まった。

彼は机の上で指を組み、居丈高ともいえる態度でこちらを見下ろしている。

「君の家柄は、俺にとって都合がいいからね」

「は!?」

「ぜひ、結婚を前提にお付き合いしてください」

玲は息を呑んだ。

二の句が継げない。信じられない。

こんな言葉で口説かれて、うんと言う女がいるだろうか。

玲は改めて確信した。

この男を好きになることなんて、今後一切、ありえない。

惹かれる心

「玲さん、顔。かーお」

玲は、パソコンから顔を上げて隣を見た。

後輩の大滝萌《おおたきもえ》が、とんとん、と自分の眉間をつついてみせる。

「なんかややこしい申請来ちゃいました？」

「ううん、そういうわけじゃないよ」

「何かあったんですか？」

「うーん……あったかも」

「えっ、ランチいきましょ、ランチ！」

途端にテンションを上げる萌に苦笑しながら「いいよ」と返し、玲は再び画面に視線を戻した。

締め日でもないので、今日の昼休みはゆっくりとれそうだ。

仕事は大変なこともあるけれど楽しい。だが、それは玲の力で手にしたものではない。

『自立したいの』

そう言って父に就職したいと訴えたが、父が許したのは関係会社に勤めることだった。それならせめてと、立場を隠して他の人と同じように採用試験を受けさせてもらったのだが、実際に父が裏でどこまで手を回したのか、本当のところはわからない。入社後に玲が一宮の娘であることは知られていて、上司の態度が明らかに他の社員に向けるものと違っていたからだ。

玲は、自分の力で誰かの役に立ちたかった。

だが、本来新人に回される仕事を頼まれないなど、気を遣われている様子はある。

『一宮さんは座ってて』

そう言ってくれた先輩が、給湯室で笑いながら玲のことを話しているのを聞いてしまったこともある。

『実際、頼みにくいよね。コピー用紙の補充とか』

だから、自分はここにいてもいいのかと悩んだこともあった。

そんな玲の気持ちを変えてくれたのが萌だ。

玲が入社した次の年、同じ総務部に配属されてきた萌は、「学生時代にキャバクラでバイトしていて、そこで専務とのコネができたんですよ」と、玲に堂々と言い放ったのだ。

たしかに萌は、一般的な新入社員に比べると、髪の色も化粧も少し派手な印象ではあった。

だが、玲が一宮の人間だと打ち明けたとき、萌は明るく言ったのだ。

『玲さんがこの会社にいることによって、会社同士の取引がスムーズにいくんでしょ？　それって一般社員ができることじゃないんだから、堂々としといたらいいじゃないですか』

玲はその言葉に度肝を抜かれたというか、こんな考え方をする人もいるのかと驚いた。

『それに、営業部も玲さんに対しては無茶なこと言えないのも強いですよ。めんどくさい相手がいるとき、部長が玲さんを同席させてるの気づいてます？』

萌はそうして臆面もなく発言するから、部内の他の人間をぎょっとさせることも多い。でもその言葉は人を陥れるようなものではないし、仕事の覚えも早く、みんな、どこか嫌いにはなれなかった。

今では玲の、唯一プライベートでの付き合いがある後輩だ。

『根本的な解決にはなってないけどね。問題があるなら、本当はその人に注意するとかできたらいいんだけど』

そう答えると、萌は笑う。

『玲さんお嬢様なのに、ほんっと真面目ですよねぇ』

『世のお嬢様に失礼じゃない？』

無遠慮な萌の言葉には呆れることもあるが、救われることもある。

『解決しようとしたら大変ですよ。人間なんてそう簡単には変わらないし、言うこと聞かないですからね。だから玲さんパワーを使わせてもらって、みんなありがたいんですよ』

『私にはそんなに負担はないから、いいんだけど……』

『適材適所ってやつです』

あっけらかんと言う萌に、玲は、心から彼女がいてくれてよかったと思うのだった。


「えっ、またお見合いですか！」

そんな萌とのランチで、玲は「また」という彼女の正直な反応に苦笑した。

「お父さんも懲りないですねぇ」

萌はパスタをくるくるとフォークに巻きながら続ける。

「ただ、はっきり言うと玲さんも、政略結婚以外でいつかいい相手が見つかると思ってるなら甘いというか……お父さんがおっしゃることもわかりますよ」

「どういうこと?」

「玲さんは綺麗です。それに性格もいいってみんな知ってます。でも、会社とかで出会う男性は、付き合う分にはいいと思うんですけど、だからといって一宮のお嬢様の結婚相手が務まるかというと、みんな腰が引けちゃうというか」

「いや、そんなこと、は……」

ない、と、玲の立場では言い切れないところはある。

結婚を考える上で、一宮グループの看板はあまりに重い。

父は玲に会社を継がせるつもりはないが、玲の夫には経営に関わってほしいと考えている。結婚にそこまでの責任が伴うと知れば、多くの人は嫌がるだろう。

「ちなみに、イケメンですか?」

「ああ、イケ、メン、だとは思うけど」

突然変わった話の方向に戸惑いつつ答える。

彼自身がおそらくそれを自覚し、時には利用している気配もあるから、どこか渋々という言い方になってしまった。

「じゃあいいじゃないですか。最悪離婚したって。実家太いんですから」

「じゃあいいって、萌ちゃん」

この子にはこういう歯に衣着せぬところがある。

「萌ちゃん、ほんとに私に遠慮ないよね」

「すいません」

呆れた玲の声に、さすがに言い過ぎたかと、萌も少し申し訳なさそうな顔で頭を下げる。

「でも、なんとなく、その人もそうなんじゃないかなぁって」

「そうって？」

萌の笑顔がどこか優しいものになる。

「玲さんがそういうので人を判断する人じゃないって、わかってるんですよ」

一瞬、ぐっと胸を掴まれたようになった。

だがすぐはっとなる。

「萌ちゃん、そう言ったら私が絆されるってわかってるでしょ」

じとっとした目で見ると、萌はあはは、と楽しそうに笑った。

ランチから戻ると、伊神から食事の誘いが入っていた。理由をつけて断ろうかとも思ったが、そうして逃げ続けられるわけでもない。萌と話してみて、もう少し彼を知ってからでないと破談にする理由も見つけられないと思い、玲は誘いに乗ることにした。

「お忙しいでしょうから、わざわざ私にお時間を使っていただかなくてもいいんですが」

玲は助手席に座り前を見たまま、運転席の男に向けて冷たく言った。

萌には最悪離婚してもいいじゃないかなどと言われたが、そう簡単に割り切れるものではない。そして仲人の手前彼を邪見にしすぎてはいけないという前提があったとしても、実際に彼を前にすると、やはり優しくなれそうにはない。

「嫌そうだな」

伊神がくすくすと笑う気配に眉を寄せる。

この人のこの余裕はいったいなんなのだろうか。

気を悪くした様子もないし、それほど自分が選ばれることに自信があるのだろうか？

成金、と父がよく言うような言葉を使いたくはないが、これまで玲が仕事や日常生活で知る男性と比較すると、その不遜ぶりは際立つ。

ただ、相手がそういう態度なら、玲自身も自分を偽る必要はなく気楽でもあった。

「結愛のことですが」

「うん？」

またか、とうんざりした顔でも見せられるかと思ったが、そんな様子はない。

「正直なところを伺いたいです」

「正直な、とは？」

また煙《けむ》に巻こうとするような発言に思えて、彼をきっと睨む。

「仕事上、仕方なかったとは理解しています。でも、あなたのやり方はひどかった。それを反省はしていないんですか」

伊神はすぐに返事はしなかった。

頬杖をつき、どう答えるべきか悩んでいるように見える。

そして、「君だったらいいか」とよくわからないことを言った。

「俺の目的は、園池議員の信用を得ることだったからね。もう一度やり直せたとしても、同じようにする」

「……っ」

堂々と言い切る姿に怒りが湧きそうになるが、なんとか自分を落ち着けた。

「何が得たいんですか？　名誉や地位ですか？」

「名誉、ねぇ」

信号が赤になり、彼がこちらを向いた。その目は鋭く、玲を一瞬どきりとさせる。

「違うんですか？」

「君の好きなように思ってくれていいよ」

適当にあしらわれている。

玲はむっとなったが、これ以上年下扱いされたくもなかった。

「あなたはもう少し、私に対して猫を被ってもいいと思いますけど」

「君はそういうのは嫌いだろう」

萌と同じようなことを言う。玲はため息をついた。

「私に断られたら、困るんじゃないんですか」

自分で言葉を発してから、その高慢さを自覚して頬が熱くなる。だが、伊神がそれをからかうことはなかった。

「構わないよ。成金を嫌がるお嬢様は多いだろうから。でも君のほうは、それだと困るんじゃないか？」

「は？」

「仕事。辞めろって言われてるんだろ」

「……っ」

「君自身の意思を尊重してくれる。そんな都合のいい男は案外多くないと思うけどな」

「あなたはそうしてくださるんですか？」

「君次第だけどね」

玲はまた彼を睨んだ。そしてシートに身体を預ける。この男の前で構えることが馬鹿らしくなってきたのだ。

（どうしても人に頼って生きるしかない自分が嫌になる）

玲はそう感じながら、外の夜景に目を遣った。


伊神とはそうして、仕事終わりに何度か食事をした。

彼のエスコートは文句なしに行き届いていた。それどころか、彼は玲が何気なく話したことを覚えていて、ぽろりと好きだと零したものが次の食事のコースで何気なく並べられていたりする。階段でそっと手を差し出してくれる彼がこちらに向ける視線は、甘く柔らかい。

（彼のことを知らなければ、勘違いしてしまいそう）

きっとポイント稼ぎだろう。そう自分に言い聞かせながらも、心が浮つく。

彼を許せないことや、その不遜な言動に嫌悪感を抱いているのはたしかなのに、彼との時間は苦痛ではない。

そうして三度目の食事のときには、玲は、伊神がただ冷たいだけの男ではないかもしれないと思い始めていた。

「経営については、本当はもっと学んでおきたかったというのが正直なところです」

「今からでも遅くないよ」

大学も、本当はそういう学部に入りたかった。だが、表に出たがる娘だと思われては困る、と父に反対されたのだ。

そんな玲の発言を馬鹿にすることなく、伊神は優しく言う。

無責任に持ち上げているだけかと思えば、そうではないようだった。

「君には生まれつき、お父さんという教科書のそばで育ったという強みがある。お父さんのやり方を受け入れられないときもあるだろうが、君を見ていると、グループのトップとしての立ち振る舞いは自然と身に付いていると思うよ」

玲ははっとすると同時に、なんともいえないむず痒い気持ちになった。

父から何か少しでも吸収したいと、ずっと思ってきた。だから、自分の努力を認めてもらえたような気持ちになったのだ。

だが、伊神の言葉はただ玲を持ち上げるだけでは終わらなかった。

「ただ、経営それ自体に関して素人なのは間違いない。変に口出しをすれば、グループを崩壊させる危険性もある」

容赦のない言葉に、ぎゅ、と下唇を噛む。

だが、頭の隅で気づいていた。

玲に必要なのは、こうして忌憚なくアドバイスをくれる人なのだと。

(困ったな……)

認めたくはないが、初めの印象が最悪だったからか、玲は、彼をそこまで悪い人間だと思えなくなってきていた。

(でも、そう思わされているだけかもしれない)

人生経験も何もかも、彼のほうが上だ。簡単に信用してはいけない。

今の玲は、芽生え始めた気持ちを振り払うので精いっぱいだった。

数日後、玲は待ち合わせをしているレストランへと向かっていた。

相手は伊神ではない。

どうしても今、話をしておかなければならない相手がいるのだ。

「結愛」

「玲！」

彼女は数か月前のあの頃に比べれば、顔色がずいぶんよくなっていた。

ふわりとした髪に小柄な身長の結愛が駆け寄ってくる。その笑顔にほっとなる。

「結愛、体調はどう？」

「うん、すっごく元気だよ。心配かけてごめんね」

その天使のような姿に、通行人が振り返る。

少しつんとした外見の玲に比べ、結愛のその空気は彼女にしか纏えないものだ。

「実はね」

席につき注文をしたところで、玲は思い切って切り出した。

「伊神弁護士って、覚えてる……？」

「い、がみ……」

首を傾げた結愛の顔色が、心当たりに気づいた瞬間、さっと青ざめる。

玲はその一瞬で、自分の迂闊さを悔やんだ。

「ごめん……っ」

「いや、大丈夫なの、ごめん、こっちこそ！」

無理矢理作る笑顔が痛々しい。

やはりまだ早かったかもしれない。

だが、ここまで言ってしまったら、話さないわけにもいかない。

「実は、こないだお見合いした相手が、彼だったの」

「……っ」

結愛の顔から血の気が引いていく。だが、ふるふると顔を横に振り、口角を上げようとする。

「私のことはほんとに気にしないで。玲が、いいと思うなら」

「結愛、無理しないで。いいなんて思ってない。結婚なんてしたくない。でも、どうしてもすぐに断れなくて、結愛には黙っていたくないって思ったの」

結愛は呼吸を整えている。

水をひと口飲み、そうして、先ほどよりは若干落ち着いたように見えた。

「ありがとう、話してくれて。あのときのこと、まだ思い出すのは辛いけど……でも、あの人はただ自分の職務を全うしただけだとも思う。恨むのはお門違いというか、そう思ってるよ」

結愛が言うには、感情的に責め立てる元夫の父に比べると、伊神は淡々と、法律的な観点を述べるだけだったという。

もちろん思いやりのある態度とはいえなかったが、過剰に攻撃されたわけではない、と結愛は言う。

だが玲には、結愛が自分にもそう言い聞かせているのが痛いほど伝わってきた。

玲は迷ったが、もうどうせここまで話してしまったからと、先日伊神と会ったときに抱いた違和感をぶつけてみることにした。

「少しだけ、気になることがあって。ほんとにごめん、思い出したくないだろうけど、あの人、拓斗《たくと》くんのことで」

「う、ん」

結愛の顔色を窺いながら、園池拓斗――結愛の元夫の話を切り出した。

「園池のお父さん……園池議員の信用があれば得られるものって、なんなんだろう」

結愛は眉を寄せた。首を傾げ、答える。

「他の政治家とのコネクションとか？　うーん、どうなんだろう……私ほんとに、何もわかってなかったし、知ろうともしてなかったから……」

「そんなことないよ」

「何か気になることがあるの？」

「うん、なんだか伊神さんって、それほど地位に固執するタイプでもない気がして」

あの瞳の鋭さは、いったいなんだったのだろうか。

でも、玲は人を見る目に自信があるわけではない。自分の期待が見せた幻なのかもしれない。

「気になってるんだね」

結愛が何かに気づいたという様子で嬉しそうに言うから、玲は慌てた。

「違うの！　変なことに巻き込まれないようにと思っただけ！」

「玲。私は、玲に幸せになってほしいよ。私のことは気にしないで」

結愛はそう言って、ふわりと微笑んだ。


伊神と会う機会は着実に増えていっていた。

「依頼主？　やっぱり政治家は多いかな」

「離婚問題から刑事訴訟まで、幅広く対応なさってるんですね」

夜景の見えるレストランでワインを口に運びながら、玲はそう尋ねた。

通常、弁護士には得意分野があるものだという。だが彼は顧客が政治家ということで、相談される様々な案件に対応する必要があるのだろう。

玲は自分なりにその判例を確認してみたりもしたが、彼がどの分野でも高く評価されているので驚いた。

伊神はまたおかしそうに笑いを落とした。

「興味を持ってくれているようで何よりだ」

普通こそこそ探られるのは嫌なはずなのに、伊神はまったく動じず、どこか嬉しそうに言う。

玲はその読めない感情を探ろうと、彼をじっと見た。

伊神は玲の視線を受け止め、目を細めて首を少し傾げる。どこか色気のある男の表情に、玲の心臓は跳ねた。

「こないだおっしゃっていた件ですけど……ああいう人たちの信用を得てそれから、何か目的でもあるんですか？」

「なんでそう思うの？」

「伊神さんのお父様はもともと投資家でいらっしゃいますよね。伊神さんだって優秀ですし、正直、自分で手に入れられないものなんてないのにと思って」

「お父様は今は海外にいらっしゃって、伊神さんももともとはそこにお住まいだったのに、わざわざ日本で弁護士を志された理由ってなんなんですか？」

眉を寄せて続ける。

「茶化さないでください」

「照れるな」

まるで面接のような、かわいくない質問をしているのはわかっている。

人によっては、今ここで怒って席を立ってしまうだろう。

でも、伊神はやはり嬉しそうに目を細めるだけだ。

その目がいつもよりまっすぐに玲を捉えている気がして、座り心地が悪くなった。

「日本は治安もいいし、大学の水準も高いし。それに目的は、君が言っていた通り、名誉や地位だよ」

にっこり笑ってそう言うから、またため息が出た。

本当のことを言ってくれる気はなさそうだ。

玲の反応を見て、彼がくっ、くっ、と笑う。

「なんですか？」

「君はかわいいね」

顔が熱くなり、またそれをごまかすように彼を睨みつける。

「人をからかうのも……っ」

「玲さん」

言葉を遮り突然名前を呼ばれて、玲はぱちりと目を瞬かせた。

こちらを見る伊神の目に、熱い光がある。

「俺と結婚して」

「……っ」

突然の、まっすぐなプロポーズの言葉。

同じようなことはあの見合いの場から何度か言われているが、今彼は、油断している玲の心を刺しにきた。

顔がますます熱くなる。

それに気づかれたくなくてうつむいた。

信用できないのに。よくわからない男なのに。

「だから、ごまかさないでください」

自分の心臓がどきどきと音を立てているのが、嫌になる。

疑うか、信じるか

「玲さん、ちょっといいですか？」

「どうしたの？」

萌が会社でそう声をかけてきたのは、その翌週のことだった。

いつもと違う様子に、玲のほうも心配が先にくる。

「ちょっと、昔のバイトのお客さんから聞いたんですけど……今日ってランチどうですか？」

今までにない雰囲気に、玲はこくこくと頷いた。

「学生時代の伊神さんを知ってるって人がいて」

「えっ」

個室に入るやいなや声を潜めて言った萌の言葉に、玲は目を丸くした。

「伊神さんと同じ大学出身らしくて、詳しく聞いてみたんです」

「ちょっと！　そんなにいろいろ話しちゃだめだよ！」

「すいません勝手なこと。でも、有益な情報ですよ」

玲は額に手を置いた。萌に伊神のことを話しすぎてしまった。

昔の客といっても正確な素性はわからない。そんな相手に簡単に情報を漏らすなんて。

だが、萌は前のめりになって続ける。探偵みたいなことをするのが楽しくてたまらないと顔に書いてある。

「なんかその話によると、やっぱり、弁護士なんて目指してなかったみたいですよ。伊神さん」

「え？」

「途中でいきなり進路を変えたんですって。それまではお父さんと同じく、大学通いながら会社経営してたみたいで。その頃からめちゃめちゃ稼いでたって」

「会社……」

「はい。だから、辞める必要なかったのになんでだろうって噂になってたらしいですよ」

たしかにそう聞くと、何か事情があるのではと思ってしまう。

名誉や地位が目的、と言った彼の言葉も怪しい。

玲が考え込んでいると、萌が顔を近づけてきた。

「なんかそれが、オーガニック系の会社っぽいとか、クラファンがなんとか」

「え……、怪しげな感じ？」

「いや、わかんないです。でも、ちょっとそんな感じしますよね」

萌は苦笑し、玲はまた考え込んだ。

大学や勤務先のことは、あとから確認した釣り書きにも書いてあった。だが、会社の経営のことは初耳だ。

何もないのが一番だが、もし彼が何か悪いことに手を染めているのなら、お見合いを断るはっきりとした理由になる。

「ちょっと、私も探ってみる……」

「気をつけてくださいね」

萌の真剣な表情に、玲もごくりとつばを飲みこんだ。


後日、玲は気づけば運転席の彼の横顔をじっと見てしまっていた。

彼が玲を仕事終わりに迎えにくる頻度も増えていた。純粋に玲との時間を楽しんでいる様子が窺えるが、それでもその本心はわからない。

「どうしたの？」

いつどうやって話を切り出そうかと考えていた玲は、彼の言葉に慌てて目をそらせたが、遅かった。

「見惚れてたって感じじゃないな」

伊神は前を向いたまま、残念そうに、だが冗談めかして言う。

「いえ、なんでも……」

ごまかそうとして、玲は言葉を止めた。

この人は、不遜で、本心の読めない男だ。

だが果たして、悪いことに手を染めるような人間だろうか?

(私にわかるわけ、ないか)

玲の知る世間は狭い。

彼は玲と比べ物にならないほど広い世界を知っていて、さらに弁護士という仕事の中で、複雑な人間関係にも触れているだろう。

どれだけ考えても、敵うわけがないのだ。

玲はもう、やぶれかぶれだというように言った。

「伊神さんの、学生時代のお話を聞いてもいいですか?」

「いいよ。どんなことが聞きたいの?」

その返しを準備できていなくて、一瞬言葉に詰まる。

伊神は玲のその様子に吹き出した。

「玲さんさぁ」

くっ、くっ、と、笑いを止められないようだ。

「なんですか……ただの世間話です」

「バレバレなんだけど。何か調べてるんだよね？」

（やっぱり、怒らないんだ）

やはりこの人は、悪い人間などではない。そんな思いが強くなる。

指で涙を拭ってこちらを見る少年のような笑顔に、目を奪われた。

「すみません、こそこそと。失礼なことだとはわかってます」

そう言って、玲はうつむいた。

赤信号になり、車は緩やかに停止する。

伊神は笑顔を引っ込めて天井を仰ぐと、どうしようかな、と零し、玲のほうに向き直った。

「まだ、君には話せないことがある」

「……？」

玲は首を傾げた。

それはやはり何か、隠していることがあるということ？

一気に不安が押し寄せる。

「悪いことに手を染めているなら、今すぐやめるべきです」

玲の言葉に、伊神は目を丸くする。そして再びおかしそうに笑った。

「俺が？　それはさすがに見当違いだな」

顔がかぁっと熱くなる。

「世間知らずと思って、バカにしてませんか⁉」

「してないよ。むしろ」

予想以上に優しい笑顔がこちらを向く。

「周りに綺麗な人間ばかりじゃないだろうに。まっすぐに育ったんだね」

「……っ」

頬がさらに熱くなる。褒められてはいる。だが同時に、また年下扱いされたことも
わかっていた。

「失礼です！」

「あはは」

伊神は嬉しそうに笑う。そしてその顔が、また優しい表情に戻った。

彼の指が伸びてきて、玲の頬にそっと触れた。

心臓が大きく跳ねる。

「君を逃がしたくないな」

目を細めてそう言われて、玲の顔は先ほどとは違う理由で真っ赤になった。

「ど、どういう」

だが、伊神は視線を前に戻してしまう。

「俺のこと、信じて。君を悪いようにはしないから」

「悪人のセリフに聞こえます」

跳ねた鼓動を隠すために玲はそう言い、伊神はまた笑った。

玲は、たしかに世間知らずだ。

だが自分でそれをわかっているつもりで、実際のところは、まだまだ自覚が足りなかった。


「お疲れさまです」

「お疲れさまでしたぁ～！　今月トラブル続きで大変でしたね。玲さん、今日もお迎えありですか？」

「いつも来てるみたいに言わないで」

苦笑して答えると、萌の表情に真剣みが混じる。

「いやいや、もう十時過ぎてるからさすがにと思って」

「大丈夫だって。萌ちゃんこそ気を付けてね」

そう言ってひらひらと手を振り、オフィスを後にした。

このくらいの時間であれば、もう何度もひとりで家に帰っている。

伊神から迎えに行こうかと連絡が入っていたのだが、そう頼りすぎるのもと思い断った。

（私は、どうしたらいいんだろう）

電車に揺られ、ぼんやりと考える。

はっきりとお見合いを断る理由も見つけられず、こうして彼との付き合いを続けてしまっている。

彼は甘い言葉を囁いてはくるが、一線を越えないようにしている気配がある。だから今は、玲もそこに甘えてしまっている。

でも、もう認めざるを得ない。

彼の顔を思い浮かべるたびに胸がときめく。次に彼に会えることを楽しみにしている自分がいる。

私は、彼に惹かれているのだ。

だが、本当にこのまま流されていいのだろうか。

そんなふうに悩んだまま、マンションまでの一本道に入ったところだった。

一台の車がゆっくりと玲に近づき、そして止まった。

「玲さん」

突然呼びかけられ、驚いて振り返る。

そして目を見開いた。

「なんで」

現れた相手に、玲は本能的に後ずさりした。

結愛と一緒に会ったことは何度もある。

だがこんなふうに、突然一対一で会いにくるような関係ではなかったはずだ。

「そんな顔しないでよ。ちょっと、忠告しに来たんだって」

——園池拓斗。

そこにいたのは、結愛の元夫だった。

身に着けているものは一流。だが、その顔に浮かべるへらへらとした笑顔が彼の軽薄さを表している。

そして。

以前会ったときと比べ、彼にはどこか余裕のない雰囲気があった。

（意味がわからない）

どうしてこの男が、わざわざ玲に会いに来るのだろうか。

玲は彼に見えないよう、背中に回した手でスマホを操作した。

「玲さん。いや、ちょっと待って、そんな警戒しないでよ」

目尻を下げてそう言うが、この遅い時間、人通りの少ない場所で、彼の後ろには車。

怖いに決まっている。

「ほら、結愛とは会えないことになってるからさ。こうやって直接伝えるしかなくって」

「何を……」

「玲さん、伊神弁護士と見合いしたってほんと？」

玲は目を丸くした。いったいどこからその情報を得たのだろうか。

いや、得る可能性はあったとしても、彼にはなんの関係もないはずだ。

だが続く予想外の言葉が、玲をさらに驚かせた。

「あの男、親父が依頼したときは知らなかったんだけど、結構後ろ暗いとこあるみたいでさ。やめといたほうがいいって忠告しようと思って」

玲は眉を寄せた。

玲だって最初は思っていた。伊神のことを、信用できない、冷酷な男だと。

だが今は慎重に彼への印象を見つめ直しているところだし、何より、この男は誰よりも、それを言うに相応しくない。

(どの口でそんなことを！)

逆に、伊神の信用度が上がってしまう。

そう言ってやりたかったが、玲の直感が、闇雲に彼を刺激するのはよくないと告げていた。

「ご忠告ありがとうございます。父にも伝えてみます」

そう言って歩き去ろうとしたが、その瞬間、腕に痛みを感じ、玲は小さく叫んだ。

拓斗が玲の腕を掴んだのだ。

「……っ、ちょ……！」

「て、ていうかさ、むしろ、あの男から何か聞いてたりする？」

「何かってなんですか⁉　やめて、離してください！」

突然触れられたことで、玲は強い恐怖に襲われた。

「いた……っ、なんだよ」

腕を激しく振り払われたことで、拓斗の顔に怒りが沸き上がる。

（怖い……！）

だが、その瞬間だ。

「園池さん。何してるんです」

後ろから聞こえた声。それは、玲を今一番安心させてくれる人の声だった。

「伊神さん……！」

現れた伊神は、額に汗を光らせていた。

玲は先ほど密かに、伊神に電話をかけたのだ。

おそらく無言電話になってしまったが、違和感に気づき駆けつけてくれたのだろう。

「近くで仕事してたからよかったよ」

そう言われ、玲は涙ぐみそうになった。

来てくれた。

彼が気づいてくれなかったら、どうなっていたかわからない。

伊神は玲を後ろに庇い、拓斗と向かい合った。

「お前……っ」

拓斗は伊神に対して敵意を剥き出しにしている。

（どうして？　彼はお抱えの弁護士だったんじゃないの？）

「恩を仇で返しやがって！　お前が情報売ったってわかってるんだからな！」

「なんの証拠もないことを」

伊神は呆れた様子でため息をつく。

「月島さんとは会えないからか……まさかこっちに来るとは。ごめん、迂闊だった」

「いえ……」

何を謝られているかわからないが、今はまだ恐怖の余韻と、彼が来てくれたという安心感で混乱し、考えられる余裕はない。

何をするかわからない拓斗と向かい合っているのに、伊神はまったく動じていないようだ。

街頭に照らされて冷たい笑顔を浮かべるその姿には、どこか迫力がある。

「警察を呼ばれたいか？　もう、俺はあんたを守る必要はないからな。好きにやらせてもらうぞ」

拓斗の顔が青ざめる。

これまで伊神は、彼に対して慇懃な態度を崩してこなかったのだろう。

いきなり変わった伊神の態度と言葉遣いに怯えて、拓斗は一歩後ずさる。

だが、彼のなけなしのプライドが許さず、こうなってもまだ引くかどうか迷っているようだ。

「もっと自分を不利にしたいみたいだな」

「ち、ちが……っ」

「悪いことは言わない。引いておいたほうが身のためだ」

拓斗はぐっと歯を食いしばり、だが今度はくるりと背を向けると、急いで車に乗り込んだ。

車が走り去って行くのを、玲は身を固くしたまま見送った。

伊神は玲の震える手をずっと握ってくれていたが、テールランプの光が見えなくなると、その身体を優しく引き寄せた。

「ごめん、俺のせいで怖い目に遭わせてしまった」

まだ怖い。だが甘い香りが玲を安心させてくれる。

玲が拒否しないことを確認して、伊神は玲を抱きしめた。

スーツの上からではわからなかったがっしりとした体格が、玲をどきりとさせる。
その背にそっと手を回した。
彼には感謝している。でも、それだけではない。
玲は頬を染めながらも、伊神を睨み上げた。
「さすがにもう、話していただけますよね」
伊神は困った様子で眉を下げたが、今度はもう、ごまかしきれないとわかっている
ようだった。

彼の秘密

「信用してくれるのはありがたいけど、部屋に男を上げるべきじゃないよ」

伊神が言っていることは正しい。

「しかも、さっきの今だ。……怖いだろ」

「だからです。一緒に、いていただけますか」

自分でも、ひとり暮らしの女として、あまりに警戒心のない行動だとはわかっている。

だが、それでも今ひとりで部屋にいて、彼が帰ってしまうほうが怖かった。

伊神がため息をつき、渋々という様子で玲の後をついてくる。

その姿に、玲は緊張を覚えた。

これから玲は彼に聞かなければならないことがあるが、このため息がその答えを表しているような気がしたからだ。

部屋に上がると、これしかないですが、と言ってお茶を出す。

「ありがとう」

伊神は玲がテーブルの向かいに座るやいなや切り出した。

「本当に、申し訳なかった」

そう言って頭を下げる。

「俺の判断ミスだ。君を危険に晒してしまった」

「はじめから、説明をしていただけませんか」

伊神は顔を上げると、眉を寄せたまま頷いた。

「勘づき始めているだろうからはっきり言う。俺が園池議員に近づき、その信用を勝ち得ようとしたのは、彼らを摘発するためだ」

「て、摘発？」

「彼らはクラウドファンディング詐欺に荷担していてね。何人もの大物政治家が汚い金を受け取ってる」

「な……っ」

一度に情報を与えられて、先ほどまでの恐怖が吹き飛んだ。

「ちょ、ちょっといきなりすぎて、頭が整理できません」

「要は、詐欺企業との癒着だな。人の善意に付け込む、政治家の風上にも置けない奴らだ」

今までになく強い言葉だ。

まさか、それほどの話だとは夢にも思っていなかった。

驚いて言葉を出せない玲に、伊神は続ける。

「大学時代に会社を経営しているときに、その団体とぶつかってね。それがきっかけで調べたんだ。やり方があくどくて、俺は許せなかった」

その目に鋭い光が宿る。

「伊神さんは、どんな会社を経営なさってたんですか？」

「若者の農業への参入を応援する事業、と言ったらいいのかな。メインはレンタル農園、土地を貸したい人と借りたい人の間に立つ商売だね。そのビジネスの中で彼らと出会ったんだが、彼らは、若い人に農業を始めてほしい、その手伝いをしたいと願う年配の方たちを言葉巧みに騙して金を寄付させ、集めた金を事業に回さず、懐に入れていたんだ」

「なんてことを……」

「伝手を辿って調べてみたら、その裏にいたのが名だたる政治家ばかりでね。声を上げても、当時はどうにもできなかった。悔しかったよ」

やるせないという声色で伊神はうつむく。玲の心臓はぎゅっとなった。

「それで、弁護士に？」

「証拠を集めるには、絶対的な味方だと思わせる必要があった」

そう言って、眉を下げる。

「月島さんには本当に、申し訳なかった」

玲は唇を噛んだ。

「彼女の気持ちを踏みにじるようなことをしたのはたしかだ。だけど、彼と早々に関係を切ることができたのはよかったと、俺は今でも思っている」

自分を正当化するような言葉に、玲の顔が険しくなる。

たとえそうだとしても、感情の上で受け入れられない部分はある。

伊神は玲の反応ももっともだと思ったのだろう。どこか悲しげに笑い、それにね、と付け加えた。

「あのタイミングで、彼女が示談金を受け取るのはおすすめできなかった。表面上でだけ離婚して、実際は彼女も首謀者の一員だと思われる可能性もあった。場合によっては、自分たちの身代わりに罪を背負わされたかもしれない」

玲は絶句した。

まさか、結愛がそんなことに巻き込まれる可能性があったなんて。

玲は深呼吸すると、もうひとつ尋ねたかったことを切り出した。

「私とのお見合いも、何か目的があってのことだったんですね」

声が震えるのを隠しきれなかった。

自分は今、これから伊神が何を言うか予測できている。でも本音では、そうではないと言ってほしかった。

伊神は少しためらい、それから口を開いた。

「君との見合い話を受けたのは、あの代議士に近づくためだった」

「……っ」

玲は、自分が予想以上にショックを受けていることに驚いた。

彼を疑い、この話がなくなればいいと思っていたのは、自分のほうだったのに。

「じゃあ、私と結婚したいと言ったのも……」

怖くて、自分でその先が紡げない。

だが、返ってきたのは予想外の言葉だった。

「嘘じゃないよ」

「え？」

「君とは本気で、結婚したいと思ってる」

「……っ」

真摯な目で見つめられ、玲の顔は一気に熱をもった。

「そんなの、こんな話の流れで、信じられるわけ」

「お見合いの日、相手が君だとわかって、俺は唯一、計画通りに進めていたことを変えたよ」

玲は頬を染めたまま目を丸くする。

「話せば話すほど、君の魅力にやられて、逃がしたくなくなった」

息を呑む。こんな言葉が返ってくるとは思わなかった。

伊神はそんな玲を見て目を細める。

「男として迫って、わかってもらったほうがいい？」

一段低い声だった。

ぞくぞく、と玲の背中を何かが這っていく。

「だめ、です！」

これまでも、鋭い目を向けられたことはあった。

だが、彼は玲の引いた線から先には踏み込んでこなかった。

でも今初めて、彼がはっきりと男を感じさせてくる。

「だめ？　そんな顔して？」

　誘惑するような顔で伊神が言う。

（こんな、信用のできない……本当のことだって、こんなことになるまで言ってくれない人なのに）

「俺のこと嫌いじゃないって、……好きだって顔してる」

「……っ」

「俺の勘違い？」

　わからない。首を横に振る玲に、伊神は手を伸ばす。

「そんな、男に付け込まれるような顔、しちゃだめだよ」

　掠れた声でそう言い、指で頬を辿られて、顔も身体も燃えるように熱くなった。

「だめですよ、ほんとに、だめ……」

　迫る彼から逃れたいのか、その腕に囚われてしまいたいのか、もう自分でもわからない。

「もう俺も、隠す必要がないから」

　彼が近づくのに合わせて、玲はじりじりと後ろに下がり、とうとう背中が壁につく。

　伊神はこちらを見透かすような目で見てくる。

「君がそんな隙を見せるなら、遠慮なくいくけど」

その目が、大人の余裕を失っていた。

「だ、だめ」

「キスは？」

「え……？」

彼を見上げると、熱っぽい視線と絡み合った。

自分を求められている。そのことにきゅんとなる。

「キスだけ。だめ？」

「そ……」

（キスだけで、ほんとに終わるの……？）

玲はごくりとつばを飲み込み、そして意を決したように言った。

もう、彼に惹かれる本能に抗えなかった。

「キスだけ、なら」

その瞬間。

噛みつくように、唇を塞がれた。

「あ……っ、ふ」

導き入れるように簡単に唇を割ってしまう。そして、彼がその隙を見逃すはずがなかった。

舌を絡めながら、あぁ、と彼が出す息音を聞くと、身体の火照りが止まらなくなる。

（だめ、きもち、よすぎる……）

情熱的なキスに、身体が蕩けてしまいそうだ。

いつまでも続いてほしいと思う口づけに、彼の髪に指を埋めて、ねだるように顔を傾ける。

伊神の苦しそうな呻き声が聞こえた。

壁に押し付けられた身体が、ずるずると床に落ちていく。

そのとき、駄目だ、と言って顔を上げたのは伊神だった。

「このまま、襲いそう」

「……っ」

掠れた声で首を振る伊神の色気に、玲は何もされていないのに声を出してしまいそうになった。

「君が魅力的すぎる。……困ったな」

「……っ」

彼はまだ苦しげな顔のまま笑った。

「俺を受け入れてほしい……ただ、一緒に闘ってもらわないといけなくなるけど」

不敵に笑う男の魅力から、玲はもう、逃れられそうになかった。

強くなる

あれから数日経ち、玲は安全を期して、一時的に実家から通勤をするようになっていた。

落ち着くまではそうしてくれと伊神からも強く言われたからだ。

そうしてタクシーで帰路につく中、思い返す。

——君を守るとか、危ない目には合わせない、とか。

普通、そう言ってくれるものではないのだろうか。

(おかしいよね……！)

玲は顔を覆った。

何度考えても、あの雰囲気で、あのタイミングで、「一緒に闘ってもらわないといけないけど」などと言うのは彼くらいだろうと思う。

でも、一番おかしいのは……。

(それを含めても、私が、彼がいいと思ってしまっていることだ)

頭を抱えたくなる。

もう、彼に惹かれる自分が止められない。

玲は、再び結愛に連絡を取った。

気まずそうな顔で現れた玲に、結愛は微笑んだ。

玲がこれから何を言おうとしているか、きっと、もうバレてしまっている。

「私、ね」

「うん」

「私、伊神さんのこと、好きになって……しまって……」

「そうかなって思った」

怒らない？

でもそう口に出しては聞けなくて、おそるおそる結愛を見ると、彼女は顔を綻ばせている。

「な、なに、その顔……」

結愛にこんな顔で見られることは、あまりない。

「玲をこんなふうにしちゃう人だったとはな～」

「ちょっと、結愛」

「でも、玲がいいなって思った人は、信用できると私も思う」

そう言ってくれる結愛に、まだすべてを伝えることはできない。

でも、いずれ彼女にも、彼から本当のことを話してもらえるように。

私も闘わなくちゃいけない。

そう、決意した。


「お父さん」

その日、玲は父が夕方家にいると聞いていたから、早めに帰宅した。

なんの前振りもなく、単刀直入に切り出す。

「代議士の階堂さんから、何か相談を受けてない？」

「……何の話だ」

「とぼけないで。全部知ってるの」

「とぼけるなだと？　お前、親に向かって」

鋭い視線がこちらを向くが、玲はもう、それに怯まなかった。

自分だって父のことはよくわかっているつもりだ。その目の奥に動揺が見えたことには気づいている。

顔をそらしたのは、父のほうだった。

「それよりも、あの伊神という男。あいつとはもう会わなくていい」

話をそらそうとする父に、落ち着いた声で答える。

「彼から全部聞いてるわ」

「なに……っ」

父が慌ててこちらを向く。玲は声を抑え、ゆっくりと話した。

「絶対に、話を受けないで」

「お前には関係のないことだ！　口出しするんじゃない」

「お父さん」

もう、許可を求める娘の立場ではない。それをわかってもらわなければならない。

「一宮グループを、路頭に迷わせたいの？」

声を低く、ゆっくりと。

威圧する必要はないが、手綱を握っているのがどちらか、わからせるように。

父は玲が知る限り初めて、彼女の前でぐっと詰まった。

「お父さんも、危ないってわかってるんでしょう？」

「あの人には、ずっと世話になってきた……、今さら断れない……」

玲ははっとなった。

生まれて初めて聞く父の弱音だったからだ。

膝をつき、視線を合わせる。ここが勝負だ。

「お父さん、誰だって間違うことがある。道を踏み外すことだってある。誰かを盲信することの危険さはわかっているでしょう？」

「お前は、偉そうに……」

父はプライドが高い。娘ごときに意見され、忌々しそうに顔を歪める。

だが、もうひと押し。

「一度だけ、私に賭けて。この選択が一宮グループの明暗を分けると、私は確信してる」

父は目を丸くした。

知らない相手を見るような目をこちらに向けてくる。

そうして。

最後には参ったというように、ゆっくり目を閉じ、頷いた。

『大物政治家　詐欺企業との癒着』

そんなスクープが、新聞の一面、テレビやネットニュースを賑わせたのは、それから間もなくのことだった。

玲は驚かなかった。そして、隣で苦虫を噛み潰したような顔をしてテレビを見ている父も。

この日この情報が出ることを、ふたりは事前に知らされていたからだ。

さらに、これで終わりではない。

玲たちは、巻き込まれることを逃れただけの傍観者ではないのだ。

『大手一宮グループは、告発した従業員を含め、雇用の保護を行うと発表』

『第三者機関の審査も受けた上で、正しい企業運営への是正に協力するとの社長発言』

その言葉が流れた瞬間、父は頭を抱えてうつむいた。

「こんな、恩を仇で返すような真似を！」

マスコミにこの発表をする許可を出したのは父自身だ。だが本当のところを言えば、父がやりたくてやったわけではない。

「あの男、人を脅しおって！」

促したのは、彼——伊神だった。

彼は父に対して、『彼らと決別すると、わかる方法で示してください』と迫った。

いや、実際は、『そうしなければあなたも道連れになりますよ』と脅した。

だが。

玲がスマホで確認している情報では、株価はうなぎ登りだ。

それだけではなく――。

『一宮グループ、この早さはすごいな。どうやったんだ』

『判断が早いのは評価できる』

『大手グループがこの動きをしてくれる日本は捨てたもんじゃない』

『政治家も見習え』

これをすべて真に受けるわけではないが、そんなＳＮＳの言葉は、初動の反応としては悪くない。

取る手を間違えれば、一宮グループは今頃、裁かれる側にいただろう。

だがいくら得たものが多くても、父は本当に悔しそうだ。

玲はそんな父を横目で見て苦笑した。

俯いたまま、父は言う。

「お前、……本当にあの男と結婚する気なのか」

その声は弱々しい。

それをほんの少し気の毒に思い、でも、その場限りでも嘘はつけなかった。

「彼が好きなの」

あんな裏のある、しかも父を脅すような人間を好きだと思う自分こそ変わっているのかもしれない。

だけど。

「趣味の悪いことだ……」

それでも。

玲にこんな血の沸き立つ景色を見せてくれるのは、彼だけなのだ。

止まらない溺愛

自らを取り巻いていた危険な問題は、解決した。

だが、玲には今、困っていることがある。

「玲、好きだよ」

「……っ」

甲斐甲斐しく頻繁に会いに来てくれるところは変わらないが、この人は本当に、以前の彼と同じ人なのだろうか？

伊神はまるでブレーキが壊れてしまったかのように、こんなふうに簡単に甘い言葉を囁くようになったのだ。

「亮介さん、あの……」。

名前を呼ぶように言われたのもつい先日のことだ。まだ慣れない。

ん?とにっこり笑って首を傾げる男の顔には、反省の色はない。

海外生活の長さによるものなのかもしれないが、あまりに甘すぎる。彼は今までこれを抑えていたのだろうか。

（本当に、私のことが好きなの？）

その気持ちが顔に出ていたのだろう。

伊神は微笑み、玲の額にキスをした。

「まだ不安にさせてる？」

「……正直に言うと、少し」

「はじめは、都合のいいお見合い相手だと思ったよ」

伊神のその言葉を聞くと、またずきん、と胸が痛む。

「でも、君が、自分にも幻滅してると言ったとき、逃がしてはいけない人だと思った」

そう言って微笑む。

「君は、唯一無二の人だ」

まっすぐな愛の言葉に、玲は彼の目を見ていられなくなってうつむいた。

彼の目には最近頻繁に、玲を絡めとるような甘さが混じる。それに触発されて、身体が熱を持つから困ってしまう。

——まだ、キスだけ。

ふたりが交わしたのはあの夜のキスだけで、それ以降はプラトニックな関係のままだ。

でも。

思い出すだけで身体が熱くなる。

ふたりの生活まで、もう少し。

ふたりきりになれば、あれ以上のことをされるのだ。

「……玲」

そんなことを考えていると、彼の掠れた声が落ちてきた。

「やらしいこと、考えてる？」

「……っ」

息を呑んだ玲の様子で確信を持ったのか、伊神が額に手を置き、自分を落ち着けるように息を吐く。

そして、玲の耳元に唇を寄せた。

「結婚したら、朝も夜も関係なく、抱くから」

「や……っ」

玲の背中をぞくぞくとしたものが這い、何もされていないのに甘い声が出てしまった。

伊神が呻く。

「……君は困った人だな」

「それは、こっちのセリフです」

苦しげに笑う彼のことが、切なくなるくらい好きだ。

玲は、溺れそうなほどの幸せを感じていた。


事態が収束に向かいはじめて数日後。

そんな伊神も、今日は少し、緊張しているように見えた。

「申し訳ありませんでした」

結愛に向かって頭を下げる声色と仕草には、間違いなく誠意を感じる。

「いいですよ」

結愛はそう言って微笑んだ。

「今日はそのことじゃなく、玲の婚約者として会いたかったのに」

結愛はそう言ってむくれてみせるが、きっとこちらの気持ちを軽くするためにそうしてくれているのだろう。

「……私は、許すことはできないけど」

「ちょっと、玲」

結愛が慌てて言ったが、伊神はわかっている、というように頷いた。

「結愛さん。彼女には以前伝えたが、おそらく俺は、もう一度同じ立場に立っても同じことをする。彼女にこう言われるのも無理はないし、君が許す必要もない」

結愛はぱちりと目を瞬かせた。

驚いたりショックを受ける様子はなかった。むしろ、嬉しそうに目を細める。

「こういうところがいいのかなぁ」

「結愛！」

頬を染めて慌てる玲に、結愛はにやりと笑う。

「違うよ。伊神さんが、玲のこういうところがいいのかなって思ったの」

「そうだね」

伊神が甘さの増した笑顔をこちらに向けてくる。

「彼女がかわいくて愛おしくて仕方ないよ」

「亮介！」

ふたりがかりでからかわれているようだ。

顔を真っ赤にする玲の前で、結愛が眉を下げた。

「もう結婚に希望なんて持てないかなと思ってたけど、ふたりを見ると、またいつかはって思っちゃうな」

玲は黙って頷いた。

そうだよとか、早く次の人を、なんて簡単には言えない。それはすべて結愛が選ぶことだ。だが、彼女に幸せになってほしいと心から思う。

「何かあったら、ぜひ相談してください」

「そんなことないほうがいいけどね」

ふたりの掛け合いを見て、結愛はまた楽しそうに笑うのだった。


「病めるときも健やかなるときも、これを愛し、その命ある限り、真心を尽くすことを誓いますか？」

「誓います」

荘厳なチャペルの中に差し込む光が、ふたりを優しく包む。

自分が、これまで親類や友人の結婚式で何度も聞いたその言葉に答える日が来るなんて、まだ信じられない気持ちだ。

こちらを向いて微笑む男を見ても、まだ。

（私、本当に彼と結婚するのね）

指輪を交換し、唇が額に下りてくる。

誓いのキスが唇でないのは、花嫁の父らしからぬ顔でこちらを睨んでいる玲の父への、一応の配慮でもあった。

「……こら、なに考えてるの」

亮介は玲にしか聞こえない声で、おかしそうに言った。

楽しそうな新郎の笑顔。こんな輝くような笑顔を自分に見せてくれるのかと、玲は嬉しくなる。

「まだこの場にいるのが信じられないな、と思ってました」

「神様の前でそんなこと言う？」

亮介はまたくすくすと笑っている。

花びらの舞う中、おめでとう、と祝福を送られながら、ふたりでバージンロードを進む。

玲は、涙ぐむ結愛と明るく笑う萌に向けて手を振った。

扉が閉まりふたりきりになると、一気に身体から力が抜けたことを自覚した。やはりとても緊張していたのだ。

でも、まだまだ。これから披露宴だ。

するとと隣から、ふ、と笑い声が聞こえた。

「どうしたの？」

「いや、思い出しちゃって。お義父さん、すごい顔してたな」

「ほんとに」

ふたりで笑い合う。

バージンロードで手を離すとき、父は参列者に見えない角度で亮介を睨みつけていたのだ。

いつもと変わらない彼の様子に、緊張が解ける。

「でも、あれでいて割とあなたのこと、気に入ってると思う」

「そう？」

くすくすと笑う亮介が、ふと、玲の耳元に口を寄せた。

「これが終わったら、やっとふたりきりだな」

「亮介」

彼を咎めるように睨み上げると、色気を隠せない目がこちらを誘惑するように見ている。

「まだ、そんな目で見ちゃだめ」

彼のその目の光は、日に日に強くなっている。

（私は、どうなってしまうんだろう）

身体の芯から、ぼっと熱くなった。

これからの甘い生活に、耐えられるだろうか。

そう思い、玲の心は期待に疼くのだった。


「玲、愛してる」

新居に帰宅しふたりきりになった瞬間。

玲は、激しく、すべてを求めるような亮介のキスに、今にも溺れてしまいそうだった。

「待って、亮介さん」

「待たない」

「だめ、シャワーは浴びさせて」

「無理だよ、こんなにいい匂いさせてるのに」

「ほんとに、だめ！」

顔を真っ赤にしてそう言う玲に、亮介は苦しげに笑う。

「……了解」

玲は彼の気が変わらないうちにと急いでシャワーを浴び、寝室で彼を待った。

「お待たせ」

そう声をかけられて顔を上げ、玲はうっとりとしたため息が出るのを抑えられなかった。

「かっこいい……」

普段かっちり固めた髪型が崩れ、彼がこちらを見ているだけで蕩けてしまいそうだ。

「そんなかわいいこと言わないで。手加減してあげられなくなるよ」

彼の顔にあった大人の余裕は、次の瞬間に消えた。

彼の手で、寝室のドアが閉められる。

ふたりはベッドに雪崩れ込んだ。

玲は激流のように与えられる快楽に甘い息を吐き、身を預けた。


「おはよう」

玲が寝室を出ると、昨晩の気だるさを残した亮介がコーヒーを入れている。

もう昼近い。昨日は疲れて、ぐっすりと眠ってしまったのだ。

「身体は、大丈夫？」

亮介は近づいてきて、片手で玲の腰を抱いた。そのまま髪にキスされる。

昨晩の余韻を残したその仕草に、また身体が熱くなる。

昨夜は、激しく貪られるようだった。

身体の隅々まで丁寧に愛されて、おかしくなりそうだった。

「亮介、さん……」

口から出たのが、自分の声ではないような誘惑する女の声で、玲は驚いた。

彼の目の色が変わる。はぁ、と吐かれた熱い息が玲の耳を刺激した。

違うの、ねだるつもりじゃなかったの。

だが、そう口に出すことはできなかった。自分でも、本当に望んでいるのが何かわかっていたからだ。

「玲……」

どちらからともなく、引き寄せられるように唇を重ねる。

ついばむようなキスが、徐々に激しいものへ変わっていく。ふたりの艶やかな息音が部屋に響く。

玲は自分から唇を離し、亮介の頬に手を当てた。色気に溢れた表情でこちらを見下ろす彼を愛おしげに見つめる。

「あんまり見ないでくれ……君に狂ってる俺を……」

子犬のような表情を見せる彼に、微笑みが浮かんだ。

この悪い人が、私の前ではこんなふうになってしまう。そのことに、甘い快楽を覚えながら。

誰も、本当のことを知らない。

ふたりが実はあんな出会い方をしたことも、初めは彼を絶対に好きにならないと思ったことも。

玲自身も、信じられない。これほど愛しい人と出会えて、こんなふうに幸せに暮らせるなんて。

「大好き」

頬に唇を寄せると、彼は子どものような笑顔で笑った。そして、じゃれあうようにソファに身体を倒される。

そんなふたりの姿を、カーテンから差し込む光が、優しく包んでいた。


（了）

屈辱的なほどに
～憎き男に一途に愛を注がれる夜～

中小路かほ

優しい男

朝の八時。

店のシャッターを開けると、商店街のアーケードの天井から清々しい朝日が降り注いできた。

私——藤崎《ふじさき》心晴《こはる》は、一日の始まりを告げるこの瞬間が好きだ。

「いらっしゃいませ！」

商店街を駅までの通り道として利用している会社員や学生たちがさっそくお弁当を買いに、開店したばかりの『キッチンひだまり』に立ち寄ってくれた。

今日は珍しく幸先がよく、なんだかいい日になりそうな気がする。

キッチンひだまりは、『美風商店街《みかぜしょうてんがい》』の中にある小さな弁当屋。私は、母とともにこの弁当屋を営んでいる。

もともとは、料理好きの父と母が、私が生まれる前にふたりで始めた店だ。自宅兼店舗で、私は生まれたときからキッチンひだまりと過ごしてきた。

長年地元の人々に愛され、支えられてここまでやってこれた。雑誌やテレビ取材も何度か引き受け、こぢんまりとした店だがそこそこ繁盛していた。

しかし、そのような話ももうずいぶんと前のこと。

ここ十年で、美風商店街はすっかり殺風景になってしまっていた。

建物の老朽化や店主の高齢化などで、これまでともに商店街を盛り立てていた店は次々と閉店。いわゆる、シャッター商店街となりつつあった。

なんとか今も経営を続けている店も、この先どうなるかはわからない。

それは、キッチンひだまりも例外ではなかった。

私が本格的に店の経営に関わることになったのは二年前。父が病気で亡くなったことがきっかけだった。

仕入れ、仕込み、調理、販売、経営のすべてを母ひとりでやるには無理がある。一時店仕舞いも考えたけれど、うちのお弁当を楽しみに買いに来てくれる昔なじみのお客さんのことを考えたら、このまま諦めるなんてことはできなかった。

そこで私は、当時働いていたデザイン制作会社を退社し、母と協力して店を経営することを決めた。

両親の姿を見て育ってきたから、私も料理は好きで得意なほうではあった。

そこからの二年はあっという間で、私も今年で二十七歳になる。結婚に興味がないわけではないけれど、彼氏もいないし、だからといって無理に作ろうとも思っていない。

今は、昔のような活気ある商店街を取り戻すべく、うちが先陣を切って新規のお客さんを集められるようにと、新しい商品のアイディアを練るので精一杯なのだ。

学生時代、カフェでバイトをしていた経験から、ゆくゆくはキッチンひだまりを今のお弁当を活かしたランチプレートを提供するカフェに生まれ変わらせることができたらいいなと思っている。

しかし、うちには全面リニューアルできる資金はなく、カフェに改装なんて話は夢のまた夢。

とにもかくにも、今は目の前のことに全力を尽くすしかないのだ。

一時間もすれば、朝の混雑から徐々にお客さんがまばらになってくる。そのタイミングを見計らって、私は商品の補充に取り掛かった。

「よう、心晴！」

ふと後ろから声がして振り返ると、そこにいたのは幼なじみの貴斗《たかと》だった。

貴斗は、この商店街にある『岡田精肉店《おかだせいにくてん》』の三代目跡取り。

お弁当のおかずに使う鶏肉など、うちが注文した商品をこうして届けてくれる。

美風商店街で一緒に育ってきた仲で、互いの店の裏口から勝手に出入りできるほど、取引先としても良好な関係を築いている。

「あれ？　心晴ひとり？」

「うん。お母さんは、今銀行に両替をしに行ってる」

「そっか。おばさんから注文のあった商品、冷蔵庫に入れておいたから」

「ありがとう、貴斗。いつも助かる。お母さんに伝えておくね」

私にとって貴斗は、仲のいい幼なじみであり、この商店街を一緒に盛り立てようとする心強い同志でもある。

そのとき、店のドアが開いた。

「いらっしゃいませ！」

入ってきたのは、キャップを被った赤髪の若い男性だった。

自撮りしているのだろうか、先端にスマホを取り付けた棒のようなものを握っている。

「じゃじゃ～ん！　やってきました、美風商店街の中にあるキッチンひだまり。店の外観はしょぼいけど、弁当は意外とうまいとのことで検証しにきました～！」

彼は自分に向かってスマホを向けながら、店の中をくるりと映す。

「〝しょぼい〟って……、失礼すぎるだろっ。なんだよ、あいつ」

舌打ちをする貴斗を私は陰でなだめる。

「ああいう人って、〝動画配信者〟っていうんじゃないの？　もしあの人が食べておいしいと思ったら、宣伝してくれるかもしれないし」

「でもっ……」

「それに、今は他のお客さんもいないことだし……ね？」

被害を被ったわけではないから、なるべく店でのトラブルは避けたい。

「え〜っと。見たところ、いろいろな弁当や一品もののおかずを置いてるって感じですね〜」

赤髪の人は陳列棚を見て回る。

「へ〜、ひじきとかおからもあるよ。誰がこんな地味なもん食うんだよってな！」

一品ものの惣菜パックを見て馬鹿にしたように笑いながら、彼は顔をしかめる。

「おいっ……心晴、いいのかよ⁉　あんなこと言わせておいて」

「いいのいいの。誰にでも好き嫌いはあるから」

私は待っている間も笑顔を絶やさないようにする。

「じゃあ、とりあえずこれお願いしま〜す」

そう言って、彼が持ってきたのはチキン南蛮弁当だった。

「ありがとうございます。四九八円になります」

「はいは～い」

赤髪の人は、財布を取り出そうとリュックを肩から下ろした。

そのとき、自撮り棒がレジ横の棚に置いていた酢豚のパックに当たり――。

床に落ちた衝撃でパックが開き、中の酢豚が飛び散った。

「……うわぁ！」

とっさに避けた赤髪の人だったけれど、デニムにべったりと酢豚のタレがついてしまっていた。

「大丈夫ですか⁉」

私は慌てて布巾を持って駆け寄る。

「全然大丈夫じゃないよ‼　どうしてくれんだよ！　これ、昨日買ったばかりなのにっ‼」

「申し訳ございません……！」

「五万もしたのに、ほんっとに最悪！　こんな店、来なきゃよかった‼」

「いや、待てよ。あんた――」

と言いかけた貴斗の腕を握る。

「……本当に申し訳ございませんでした」

私は深々と頭を下げた。

理由はどうあれ、店の中でお客さまに不快な思いをさせてしまったことはこちらの責任だから。

「そんなに悪いと思ってるならさ～……」

ニヤリと口角を上げた彼が私に視線を移す。

「おねーさん、オレっちとデートしてよ♪」

突拍子もない発言に、私は言葉が出なかった。

「よく見たらカワイイしさ～！　結構タイプかもっ」

そう言いながら、グイッと私に顔を近づけてくる。

「いや……、そういうのは――」

「何？　こんなにオレっちに迷惑かけてるくせに、詫びのひとつもできないわけ⁉

とんでもねぇ店だな～。全部、動画で晒しちゃおっと」

「あのっ……！　それだけは、やめて……ください」

「だったら、どうすればいいのかわかるよねー？」

赤髪の人は、私の顔を覗き込みながら手を取ってきた。

――そのとき。

「いい加減にしろ」

パッと手を振り払われたかと思ったら、私の手を握った赤髪の人の腕を誰かが掴んでいた。

見ると、ダークネイビーのスーツがよく似合う、私よりも頭ふたつ分ほど背の高い男性が立っていた。

他にお客さんはいないと思っていたから驚いたけれど、騒動の間に入ってこられていたようだ。

「なっ……なんだよ、あんたっ」

赤髪の人は、とっさにスーツの男性の手を振り払う。

「あんたと同じ、ただの客だ。何事かと思って黙って聞いていたが、迷惑をかけているのはあんたのほうだろ」

「はっ!?　オレっちが!?」

「許可なく撮影して、自分の不注意で商品を落としておいて謝罪もなし。図々しいにもほどがある」

毅然とした態度で正論を並べるスーツの男性に、赤髪の人は反論もできずにごくりとつばを飲むだけ。

「挙句の果てに、ナンパ？　ふざけるな。むしろ、あんたが迷惑料を支払うべきだ」

スーツの男性は、固まる赤髪の人が手に持つ財布を奪い取ると、そこから千円札を取り出した。

「彼が、落とした酢豚の分も合わせて支払うそうです。千円で足りますか？」

「は、はい……！」

私は出されたお札を受け取り、レジを打った。

「お返しは……、五〇二円になります」

すっかり萎縮してしまった赤髪の人の手のひらにお釣りを置く。その姿を見ながら、スーツの男性が私に視線を向ける。

「五〇二円だと、酢豚の分が入っていませんが」

「いいんです。落としてしまうようなところに商品を並べていたうちの責任でもありますし」

「……まったく。あなたはお人好しですね」

呆れたようにため息をついたスーツの男性は、すぐに鋭い目つきで赤髪の人を睨みつける。

「だそうだ。心遣いに感謝するんだな。あと、この逆恨みで今撮った動画を悪意を持って編集してネットに流すようなことがあれば、うちの弁護士を通して法的処置を下すからよく考えろ」

「は、ははははは……はい！　何もしません！　お騒がせして……すみませんでした！」

「俺じゃない。謝るのは、こっちだろう」

スーツの男性は、私のほうへ目配せする。

「さっ……先ほどは、失礼なことをしてしまいすみませんでした‼」

赤髪の人は冷や汗を流しながら買ったお弁当の入った袋を受け取ると、そそくさと店から出ていった。

さっきまでの威勢はどこへやら。私も貴斗も、ポカンとしてその後ろ姿を見つめる。

「あの、これをお願いします」

その声にはっとして顔を上げると、スーツの男性がお弁当をレジに置いていた。うちの一番人気の唐揚げ弁当だ。

「……は、はい！　四五八円になります」

「それじゃあ、これで」

スーツの男性は千円札を差し出した。

「ありがとうございます。それでは、五四二円のお返しに――」

「釣りは結構」

そう言って、彼は買ったお弁当の袋を手に持った。

「えっ、ですが……！」

「ダメになってしまった酢豚。それで支払いお願いします」

スーツの男性は、本当にお釣りを受け取ることなく颯爽と店から出ていった。

目鼻立ちがはっきりとした整った横顔。流れるような黒髪の前髪を掻き上げながら、足早に去っていく姿が店の窓ガラス越しに見えた。

「さっきの人、対応がすげースマートだったな。男のオレでもかっけーって思うくらい」

「だよね。いつもあんな感じなの」

「え？　常連さん？」

「ううん。でも、たまに買いにきてくれる人」

無口なのか、これまでとくに話したこともなかったから、ああして助けてくれるなんて思ってもみなかった。

今度会ったら、お礼を言おう。

私は胸にそっと手を当てた。

——数日後。

その日は、自治会館で美風商店街の組合会合が行われていた。

集客に悩む美風商店街だけど、実は根本的に大きな問題を抱えていた。

「ここまで一緒にやってきたが……、うちはＪＯＧさんの話に乗らせてもらうことにしたよ」

苦渋の表情でそう切りだしたのは、八百屋のおっちゃんだった。

「……そんな！　あんたのところまで！」

「いろいろと考えて決断したんだ。おれももう歳だし、息子たちはそれぞれ会社に勤めていてうちを継ぐ気はない。だったら、ＪＯＧさんからの立ち退き料で嫁さんとふたり、隠居生活を送るのもいいなって話になって……」

『ＪＯＧ株式会社』とは、土地売買に関わる不動産会社。

実は、ここに大型ショッピングモールを建設する計画になっていて、前々から立ち退きを迫られていた。

美風商店街の店舗閉店に拍車がかかったのは、その話が持ちかけられたのが一番の要因だ。

自分が生まれ育った美風商店街がなくなるのは嫌だし、なんとかみんなで反対してきたけど、その商店街の仲間たちもこうして次々といなくなってしまっていた。

……みんな、それぞれの理由がある。

だから、強く引き止めるわけにはいかない。

こうして、美風商店街唯一の八百屋も近々閉店することとなった。

ここの地域担当というＪＯＧの鳥飼《とりがい》という人は、愛想もよくて話もうまく、その人が担当になってから次々と商店街仲間が立ち退きの契約書に判を押していった。

もちろん、うちにもきた。

父は美風商店街の組合会長をしていて、父が亡くなった後は母が会長を引き継いでいたから。

組合会長さえ落とせば、あとは芋づる式だとでも思っているのだろう。

しかし、うちは絶対に立ち退きに同意はしない。

そこは、貴斗の岡田精肉店と同じ意見だ。

「心晴ちゃん、貴斗！　若いふたりがこの商店街を立て直してくれ！」

「任せて！　美風商店街は、私たちが守ってみせるから」

「さっすが心晴ちゃん！　いい娘を持ってよかったな～、藤崎さん」

「ええ、そうね」

母はにこりと微笑んだ。

けれど、私はその母の姿に違和感を覚えた。

……なんだろう。気のせいな気もするけど、表情がどこかぎこちないというか。

その一週間後。

組合会合で噂をしていたＪＯＧの鳥飼さんがうちにやってきた。

「こんにちは。お母さまはいらっしゃいますか？」

「母ならいません。お引き取りください」

「そうですか。では、また明日伺います」

「……鳥飼さん、何度来られても同じことです。うちはここを立ち退くつもりは一切ありませんからっ」

「そう、おっしゃらず～。決して悪い話ではないので」

「とにかく！　お引き取りください！」

鳥飼さんは、まったく懲りていないような営業スマイルを崩さない。そして、ニヤリと目を細めながら私の顔を覗き込む。

「あまり意固地になられないほうが、あなたにとってもお店にとってもいいと思いますよ」

「……どういう意味ですか？」

私が振り返ると、鳥飼さんは不敵な笑みを浮かべる。

「ご存知ないのですか？　モール建設の全指揮を担っているのは、あのやり手の阿久《あく》津《つ》副社長。計画の妨げになるものはどんな手を使ってでも徹底的に排除するという、我々の業界ではとても有名な恐ろしい方ですよ」

どんな手を使ってでも……排除。

鳥飼さんは、きっと怯える私の表情を楽しみにしているはず。だからこそ、私はなるべく平静を装いながら店の後片付けをしていた。

そんな私の態度がつまらなかったのか、「あ～、そうそう」とわざとらしく鳥飼さんがつぶやく。

「そういえば先日、八百屋さんに引き続き、角のパン屋さんも立ち退きに同意していただけましたよ？」

「……えっ⁉」

突拍子もない鳥飼さんからの情報に、私は思わず反応してしまった。

鳥飼さんが帰った後、私は貴斗と一緒に慌てて角のパン屋へと向かった。

ここの店主は、五十代手前の女性。

跡取りがいなくて閉店せざるを得ない八百屋のおっちゃんのところと違って、まだまだやっていけると思っていたのに。

わけを聞くと、子どもの将来のことも考えたら今の経営のままでは苦しいと考え直したのだと話した。

そこで鳥飼さんから、立ち退き料に加え、ここにできるショッピングモールの中に新しく店をオープンさせてもらえると話を持ちかけられたのだそう。

今立ち退けば、モールで新規オープンできるという噂はたちまち広まり、パン屋に続き、ケーキ屋までも立ち退きに同意した。

その話は、もちろん母の耳にも入っていたようで――。

「心晴。一度、鳥飼さんの話を聞いてみたら？」

「お母さんまでそんなこと……！」

「だって心晴、店を新しくしようと考えてくれてるんでしょ？　ここを改装するのは資金的に無理だから、話にのって新しいショッピングモールで――」

「そういうことじゃないよ……！　私は、お父さんとお母さんが作ったこの店がいいのっ」

「その気持ちだけで十分よ。夢だった仕事を辞めてこうして継いでくれてるんだから、心晴にはまた新しい夢を叶えてほしくて」

母の気持ちは嬉しい。

けれど、今立ち退いたからといって本当に新しくできるショッピングモールで店を出させてもらえるかはわからない。

というのも、JOGを調べたらいろいろと悪い噂を目にしたからだ。

立ち退きに最後まで反対していた店舗が、最終的に脅し同然で追い出されたり。他には、不利益なことは契約書に小さな文字で記載し、そのまま気づかせずに契約させたり。

それこそ、新しく店をオープンできると聞いて立ち退いたのに、結局その話をなかったことにされたとか。

そういったJOGに関する悪いネットの記事は、見つけたと思ったらすぐに消えてしまって今では確かめようがない。

だけど、鳥飼さんの話をすべて鵜呑みにするのは危険だということはわかる。

だから、それからも鳥飼さんがやってくるたびに私は話も聞かずに追い返した。

すると、あれだけ足を運んでいた鳥飼さんがぱったりと来なくなった。

……ようやく諦めてくれた？

そう思っていた矢先――。

「すみません、組合会長さまはいらっしゃいますでしょうか」

ある日、閉店後の店にスーツ姿の男性がやってきた。

見上げるほどの長身に、整った顔。落ち着きのある低い声。

すぐにわかった。前に赤髪の人に絡まれたときに助けてくれた人だと。

「……あっ。こ、この前は、助けていただきありがとうございました！」

「いえ、たいしたことはしていません」

冷静な受け答え。

前から思っていたけど、あまり笑わない人だ。

「そういえば、うちの母にご用ですよね……！」

「はい。『アーバンオアシス』の阿久津と申します」

「阿久津さまですね。今呼んで参りますので、少々お待ちください」

私は店の奥へ入って、母を呼びにいった。

あの人、〝阿久津さん〟っていうんだ。

「お母さん！　アーバンオアシスの阿久津さんって人が来られて――」

ん？　阿久津……？

それに、アーバンオアシスという会社名……どこかで聞いたことがあるような。

「そう、ありがとう。悪いけど、心晴も同席してくれる？」

「え……？　う、うん」

よくわからなかったが、私はひとまず頷いた。

しかし、同席してようやく話の意図がわかった。

「改めまして、アーバンオアシスの阿久津と申します」

阿久津さんからもらった名刺を見ると、『副社長』という肩書きが書いてあった。

そして、名刺にプリントされていたビルの写真を見てはっとした。

……そうだ！

アーバンオアシスは、大規模な物件の開発事業を行うディベロッパー。

つまり、この美風商店街の跡地にショッピングモールの建設を計画している大元だ。

『モール建設の全指揮を担っているのは、あのやり手の阿久津副社長。計画の妨げになるものはどんな手を使ってでも徹底的に排除するという、我々の業界ではとても有名な恐ろしい方ですよ』
まさか……この人が、鳥飼さんが前に言っていた人だったなんて。
私はきゅっと唇を噛む。
弱いものの立場に寄り添ってくれる、優しいお客さんだと思っていたのに。
そんな彼の正体は、この美風商店街を潰そうとする私たちの敵だったの……!?

阿久津さんとの話し合いは、三十分ほどで終わった。というのも、私が途中で終わらせた。

内容は、鳥飼さんの話と同じだったから。

まさか、大元のアーバンオアシスが来るとは思わなかった。

阿久津さんの落ち着いた雰囲気からしても、ラスボス感が漂っていて――。

JOGの鳥飼さんじゃダメだから、わざわざ自ら説得しにやってきたのだろうか。

だとしても、答えは決まっている。

「お母さんも、なんであんな人をうちに上げようと思ったの」

「前に言ったでしょ。一度話を聞いてみたらって」

もしかして、母は阿久津さんの話を受け入れようとしているの……？

赤髪の人から私を助けてくれた阿久津さん。仏頂面の裏側に優しさがある人なんだろうなと思った。

しかし、あの人は大型ショッピングモール建設の全指揮を担っている人。

つまり、私たちの敵。

そんな人の話なんて、聞く必要もない。

しかし、それからも阿久津さんはこの美風商店街に足を運んだ。

「心晴、聞いたか？　ついに時計屋も立ち退きを決めたそうだ。あの阿久津にそそのかされて」

「……そっか。阿久津さん、鳥飼さんよりも話がうまいよね。このまま、みんなが立ち退きに賛成していったらどうしよう……」

今残っているみんなの結束は固いと思っていたけれど、阿久津さんによってどんどんと内側から崩されていく。

「心配すんなって！　何があっても、オレは心晴と同じ気持ちだから」

「うん、そうだよね。ありがとう、貴斗」

貴斗の心強い言葉に、こわばっていた私の表情が緩んだ。

やっぱり貴斗は、頼りになる幼なじみ。貴斗となら、絶対にこの逆境を乗り越えられる。

そう思っていたのに――。

それから一か月ほどが過ぎた頃、思いも寄らない事態が起こる。

突然、母が倒れたのだ。

慌てふためく私の隣で落ち着いた様子で救急車を呼んでくれたのは、なんと阿久津さんだった。ちょうど阿久津さんが母を訪ねていたときだったのだ。

そのまま母は病院に運ばれ、付き添った私が聞かされたのは、母が心臓を患っているという事実。

しかも、半年ほど前に診断されていて、母はずっと私に隠していたらしい。

幸い、すぐにどうなるという病気ではなく、投薬治療で病状はよくなるそうだ。

診断された当初、入院しながらの投薬治療を勧めたらしいのだけれど、母は『娘ひとりに店の仕事を負担させるわけにはいかない』と言って断ったのだと。

そうして今回、病状が悪化し倒れてしまったのだ。

担当医から話を聞き、病室に戻ってからしばらくすると母が目を覚ました。

「心晴、ごめんね。急に倒れたりなんかして、びっくりしたでしょ」

「心臓が止まるかと思ったよ。病気のことは……先生から聞いた」

母が思ったよりも元気そうで安心したが、その表情はなんだか暗い。

「……心晴。お母さんがこうなってしまった以上もう店は畳んで、心晴は前みたいに夢だったデザインの会社に――」

「なに、弱気なこと言ってるの。お母さんが戻ってくるまで、私が店を守るから」

病気のことが気がかりで、母は阿久津さんの立ち退き話を聞いてみようと思ったそうだ。

そんな母の弱った心に付け込もうと、阿久津さんは何度もうちに来て——。

ほんっと、あの人は……！

前の組合会合のとき、母の態度がどこかぎこちなかったのも、病気のせいで私ひとりに店を押し付けることになるかもしれないという不安がよぎったのだろう。

「心配しないで。私なら大丈夫だから！　お母さんは治療に専念して、また一緒にお弁当を作ろうよ」

お母さんを安心させるためにも、私がしっかりしなくちゃ！

こうして、母は投薬治療のために長期的に入院することになった。

そして、私ひとりでキッチンひだまりを切り盛りすることに。

だいたいの仕事はできるとしても、そのすべてをひとりでこなすのは想像以上に大変だった。

あっという間に一日、一週間、一か月が過ぎていく。

その間にも、阿久津さんは定期的にやってきた。しかし、以前のような立ち退き話ではなかった。

「お母さまの具合はいかがですか？」

「……まあ、検査結果を見る限りでは徐々によくなってはいます」

「それはよかったです」

と母のことを気遣ってくれたり。

またあるときはただお弁当を買いにきたりと、これまでとの対応が違うからなんだか調子が狂う。

今日は閉店間際にやってきた。

「残念ながら、阿久津さんのお好きなかき揚げ天ぷらは先ほど売り切れましたよ」

「いいえ。今日は客として来たわけではなく、お話があって参りました」

その言葉に、私はごくりとつばを飲む。

最近ずっと忙しかったのと、阿久津さんもお弁当を買って帰るだけだったから忘れていたけど、この人は敵だったのだと思い出した。

「立ち退きの件でしたら無意味ですよ。私は――」

と言いかけたとき、ふっと一瞬目の前が真っ白になった。

そのまま、足の力が抜けて――。

「……大丈夫ですかっ」

　そんな声が聞こえてゆっくりとまぶたを開けると、なぜか私の目の前に阿久津さんの顔があった。

　ぼんやりとした意識の中から我に返ると、私は寄りかかるようにして阿久津さんの腕の中にいた。

「よく見たら、顔色もあまりよくありませんね。少し休まれたほうが――」

「……だ、大丈夫です！　平気です！」

　私は慌てて起き上がって、阿久津さんと距離を取った。

　まさか、敵に助けられるなんて。

「やはり、おひとりでは無理があるのでは」

「そんなことありません！　なんだかんだで、うまくいっていますので」

　でも本当は、店をなんとかまわすことにすべてを注いでいて、食事も睡眠も最低限しか取れていなかった。

「で、……話ってなんですか？　もう店閉めるので、手短にお願いします」

「わかりました。話というのは、実は――」

　その阿久津さんから発せられた言葉に、私は一瞬ぽかんとした。

とてもじゃないが、すぐに理解できるような内容ではなかった。

――なぜなら。

キッチンひだまり以外のすべての店舗が、立ち退きに合意しただなんて。

その夜、私は貴斗を呼び出した。

……未だに信じられなくて。

「隠そうと思っていたわけじゃないんだ。折を見て、話すつもりではいて……」

そう言って、貴斗は気まずそうにうつむく。

貴斗が立ち退きに合意した一番の理由は、阿久津さんによって吊り上げられた立ち退き料だった。

高卒で岡田精肉店を継ぐことになった貴斗だけど、実はずっと心の奥底では音楽を仕事にしたいと考えていたらしい。

たしかに、高校のときはバンドを組んでいた。

そのバンド仲間から最近また誘われ、音楽の夢への期待に揺れ動いたのだそう。

そんなとき、音楽の学校に入るには十分な金額の立ち退き料を阿久津さんに提示され、断腸の思いで店を畳む決断をした。

理由はわかったし、夢を追うことを選んだ貴斗を非難するつもりはない。でもせめて、私にだけはひと言相談してほしかった。

せっかくここまで戦ってきた〝仲間〟なのに。

「心晴はどうするつもりなんだよ。この先、ひとりじゃどうすることも――」

「私はお母さんが戻ってくるまでは、ここを守る責任があるから」

だから、ひとりでも反対し続けるまで。

そんな私に、貴斗はある提案をする。

「心晴。ひとつだけ、ひとりにならない方法がある」

「……え？」

聞き返す私に、貴斗はゆっくりと視線を向ける。

「心晴がオレと結婚する。そうしたら、オレが婿養子として一緒にキッチンひだまりを支えることができる」

その話に、思わずキョトンとしてしまった。

「でも貴斗、音楽の道に進むんだよね？」

「そうだけど、こ……心晴と結婚するなら、そっちの道は諦められる……からっ」

……えっと。私と貴斗は付き合ったことはないし、そういう感じになったこともない。

なのに、結婚……？

——ああ、そっか！

「なんかごめんね、貴斗。気を遣わせちゃったね」

「え……？」

「私を励まそうとしてくれてるんだよね？　ありがとう。落ち込むなんて、らしくなかったよね」

突然、うち以外立ち退きに合意したと聞かされて冷静さを失っていた。それに気づいた貴斗が、私を勇気づけるためにそんな冗談を。

老舗の岡田精肉店がなくなるのは悲しいけど、貴斗たちが決めたことなら私がとやかく言うわけにはいかない。

こうして、またひとつ店にシャッターが下ろされた。

リーチがかかったとでも思ったのだろうか、そこから阿久津さんはさらに頻繁に店に来るようになった。

でも、私は絶対に話は聞かない。

改めて阿久津さんの話を聞かされたら、その巧みな話術でみんなみたいについつい立ち退きの契約書に判を押してしまいそうになるかもしれないから。

貴斗の店・岡田精肉店は先週閉店した。うちと同じで自宅兼店舗だったため、貴斗たちは少し前に駅近のマンションに引っ越した。

キッチンひだまり以外すべて閉まってしまったため、美風商店街への客足はさらに遠のいてしまっていた。

それでも私は、毎日お弁当を作り続ける。キッチンひだまりと、この美風商店街を守りたいから。

……それなのに、まさかこんなことになるなんて。

その日は、一段と肌寒い夜だった。

夜遅くまで仕込みもして、やっと今布団に入ったところ。だから、すぐに睡魔に襲われた。

心地よい夢。――と同時に、なぜか焦げ臭い匂いもする。

何かがおかしいと思って目を覚ますと、部屋の中にはすでにむせ返るような煙が充満していた。

「……火事!?」

着の身着のまま外へと飛び出した。

見ると、うちの隣の空き店舗から火が上がっていた。

慌てて出てきたものだから、スマホを持っていなくて消防に連絡できない。

火はさらに勢いを増し、黒い煙がアーケード天井を這うようにして左右に伸びていき、私の頭上を覆いつくしていく。

どうしようと半ばパニックになっていると、キッチンひだまりにまで火が燃え移ってきた。

「やめて……‼」

考えるより先に体が動いた私は、とっさに店の中に飛び込んだ。そして、レジ付近に置いていた消火器を手に取った。

「お願い！　この店だけはっ……！」

無謀にも、ひとりで消火を試みようとする私の目に涙が浮かぶ。

父と母が始めたキッチンひだまり。亡くなってもなお、父との思い出が残る店。

お客さんの笑顔も次から次へと脳裏に蘇る。

『お母さんが戻ってくるまで、私が店を守るから』

お母さんと約束したんだから、なんとしてでも守らなくちゃ……！

今はそのことしか頭になく、とにかく火を消すことに必死で。

「……ケホッ！　ケホッ！」

いつの間にか炎と煙に包まれて息苦しくなっていることに、今になってようやく気づいた。

でも、私がここを離れたら……。

そのとき、頭上からミシミシという低い唸り声が聞こえたかと思った途端、突然黒い煙に覆われた天井が落ちてきた。

「……危ないっ！」

そんな声が聞こえて、振り向く間もなく私は誰かに抱え込まれて――。

パリーンッ‼

ガラスが割れるけたたましい音とともに、私は店の外へと放り出された。

その瞬間、地響きを伴い店の二階部分が崩壊した。

私は地べたに這いつくばりながら、二十七年住み続けてきた家が炎に包まれ朽ちる様をただ呆然と見つめることしかできなかった。

「……おいっ、……おいっ！」

その声に我に返って見上げると、そこにいたのは顔や服が煤まみれの阿久津さんだった。

「あ……、阿久津……さん？」

「大丈夫か⁉　ケガは⁉」

「……だ、大丈夫です。……たぶん」

どうして阿久津さんがここにいるのかはわからない。

だけど、炎に包まれた店の中で聞こえた『危ないっ！』という叫び声は、阿久津さんの声だ。

それに、店のガラス戸の破片が散らばっていることからすると、阿久津さんが私を抱えてあそこを突き破って外へと救出してくれたようだ。

阿久津さんが助けてくれなかったら、今頃私は――。

でもそんなことよりも、キッチンひだまりが炎に飲み込まれているというのに、何もすることができない自分の無力さに涙があふれた。

「……なんで、こんなことにっ……」

声を殺すもこらえきれず、私は人目を気にする余裕もなく、わんわんと声を上げて泣いた。

消防車が駆けつけ、たくさんの野次馬が集まってきて、そんな人たちから私の泣き顔を隠すように、阿久津さんはその腕の中に泣き続ける私を抱きしめた。

掴めない男

美風商店街で火事があり、私の自宅兼店舗が全焼してから一週間が経った。

出火場所は、キッチンひだまりの隣の空き店舗であることは明白だが、出火原因は未だわからず、消防や警察が調査中だ。

あの時間、商店街には私以外誰もいなかったため、幸いにも人的被害は出なかった。だけど、私は大事な家と店を失くした。

加えて、スマホや財布、身分証明書などの必要なものもすべて燃えてなくなってしまった。

途方に暮れていた私だったけれど、火事の後、様々な手続きを手伝ってくれたのは、なんと阿久津さんだった。

阿久津さんはあの夜、遅くまで接待に付き合わされていて、タクシーでの帰宅途中、美風商店街から煙が上がっているのに気づき、慌てて駆けつけたそうだ。

燃えているのがキッチンひだまりだとわかり、その中に人影が見えたため『まさか』と思い飛び込んだところ、消火器を持った私を見つけた。

それで天井が落ちてくる寸前で、私を助け出したということだ。

住むところがなくなった私は、ひとまず貴斗に連絡しようにもスマホは灰になってしまっていて、新しく引っ越した場所も駅近のマンションというだけでどこかまでは聞いていなかった。

そこで、見兼ねた阿久津さんが『部屋が余っているから』と私を自宅に連れてきた。

商店街の憎き敵である男の家に住まわせてもらうことに抵抗がないわけがなかった。

だけど、今の私は本当に何もないから、悔しいけど……ありがたい。

さすがにタダで住まわせてもらうのは気が引けるため、家事代行にお願いしていたという家のことを任せてもらっている。

阿久津さんの家は、美風商店街を遠くのほうから見下ろすことのできるタワーマンションの最上階。

うちの自宅兼店舗が余裕で収まるくらいの広々とした部屋に、阿久津さんはひとりで住んでいた。

初めは、阿久津さんとの同居なんて無理だと思っていたけれど、住んでみたら意外とそうでもなかった。

というのも、阿久津さんはほとんど家にいない。

朝早く仕事に出て、帰ってくるのは早くても夜の十時。遅いときは、日付を跨ぐこともざらにある。

食事も三食すべて外で済ませているらしく、家には寝に帰ってくるだけという生活をしているようだ。

――だからこそ、その夜は完全に油断していた。

私は、料理の腕を落とさないためにあえて手の込んだものを作るようにしていて、その日は夕食にジェノベーゼの生パスタとローストビーフを作っていた。

先にパスタソースが完成し、余熱を通すために休ませているローストビーフにかけるソースに取りかかろうとしたとき、ソース作りに欠かせないものを買い忘れていたことに気づく。

急いで買い物に行ったけれど、その帰りに突然の雨に降られてしまった。

全身ずぶ濡れ状態の私は帰宅するとすぐに荷物を置き、仕方なく先にお風呂に入ろうと慌てて脱衣所のドアを開けた。

すると、思いがけず私の目に飛び込んできたのは、逆三角形の筋肉質の広い背中。

「ん？　ああ、風呂か。悪い、先に入ってた」

私に気づいて振り返ったのは、なんと上半身裸の阿久津さんだった。

まさか、私が買い物に出かけている間に阿久津さんが帰ってきているとは思っていなくて、驚きのあまり私は目を丸くした。

「あ、阿久津さん……！」

「……ごめんなさい！　私、ちゃんと確認しないで——」

「構わない。さっき上がったところだからな」

慌てて手で顔を覆って背中を向ける私を見て、阿久津さんはクスッと小さく笑う。

「それにしても、俺も軽率だった。これから風呂に入るときは、鍵をかけるようにしておく。驚かせてしまってすまなかった」

阿久津さんは、髪をタオルで拭いながら私の顔を覗き込む。

「それよりも、早く服……着てください！」

「何を恥ずかしがってる。べつに、男の裸を見るのが初めてでもないだろ」

たしかに阿久津さんの言う通り初めてではないとはいえ、直視できるほど慣れているわけでもない。

視界に入れないようにとギュッと目を瞑る私の耳元に、阿久津さんが顔を寄せる。

「意外と反応が初々しいんだな。つい意地悪したくなった」

阿久津さんの吐息がかかって耳まで真っ赤の私の隣で、阿久津さんは部屋着のT

シャツを頭から被る。

「さっき急に降り出したみたいだな。ゆっくり入って体を温めるといい」

阿久津さんは私に背中を向けたままそう言うと、脱衣所から出ていった。

もうっ……。なんだったの、今の。

私は不満のため息をつきながら湯船に浸かった。

からかわれて不愉快なはずなのに、どうしてこんなにも胸がドキドキしているのだろう。

お風呂から上がると、じっくり余熱を通したローストビーフが完成していた。

さっき買ってきた食材を使ってローストビーフのソースを手早く作る。あとはパスタを茹でて、それぞれ盛りつけたら完成だ。

すると、水を飲みに阿久津さんがリビングにやってきた。

「いい匂いがするな。今日の夕食は何を作ったんだ？」

「ジェノベーゼの生パスタと、ローストビーフです」

そのとき、グゥ～……と情けない音が響いた。

キョトンとして音のしたほうに目を向けると、照れた表情で阿久津さんがお腹に手を当てている。

「匂いに嗅《そそ》られて……つい。恥ずかしい音を聞かれたな」

阿久津さんは、頬を少し赤くしながらうつむく。

阿久津さんもこんな顔、するんだ。

「あの……、もしよかったらご一緒にどうですか？」

私の言葉に阿久津さんが顔を上げる。

「ちょうど今からパスタを湯がくところなので、それならふたり分まとめて」

べつに、阿久津さんのために作ってあげようというわけではない。

ジェノベーゼソースも作りすぎてしまったことだし、ローストビーフもひとりでは量が多い。残しておいても仕方がないから、代わりに阿久津さんに食べてもらおうと思っただけ。

私は、今でも阿久津さんへの警戒心は解かない。

だけど、そんな私に阿久津さんは——。

「ありがとう。頼んだ」

そう言って、柔らかく微笑んだ。

その表情に、不覚にも私はドキッとしてしまった。

阿久津さんは立ち退きの説明をするときも淡々としていて無表情で、人の気持ちもわからないロボットみたいな人だと思っていたから。

今となっては敵と見なしていたから忘れていたけど、知り合う以前にうちにお弁当を買いにきてくれていたときの阿久津さんも、こんなふうに優しい顔をしてたっけ。

「俺は料理はできないから食事はすべて外で済ませるようにしているが、たまにこんなふうに手料理が恋しくなるときがある」

そう言って、チラリと私に視線を向ける阿久津さん。その眼差しが、なぜか色っぽい。

その理由は、ローストビーフに合うと言って、阿久津さんが飲み始めた赤ワインのせいなのかもしれない。

「もしかして、酔ってますか？」

「これくらいで酔うものか」

たしかに顔色は普段と変わりないし、酔っているふうには見えない。

だからこそ、敵に褒められたりなんかしたら……調子が狂う。

阿久津さんとは、絶対に馴れ合ってはいけないのに。

というのも、あの火事が阿久津さんの企みである可能性を完全に否定できずにいた。

阿久津さんにとって唯一最後まで立ち退きに反対していたうちは、相当目障りだったことだろう。

いくら説明に行っても私が耳を貸さないから、強制的に追い出すために火事を――。

鳥飼さんは、阿久津さんのことを『どんな手を使ってでも排除しようとする恐ろしい人』とも言っていたし、阿久津さんへの疑念は払拭できていない。

ちょっと笑顔を振りまいたところで、阿久津さんは阿久津さん。

商店街の歴史やその地に対する地元民の愛着なんてどうでもよくて、ただ自分たちが理想とするショッピングモールを建てたいだけ。

「阿久津さん。一応言っておきますけど、火事で店がダメになってしまったからといって、立ち退きの件とは話は別ですから」

すべてを失くして、阿久津さんの胸で泣いてしまったけれど、あれから母と悲しみを分かち合い、なんとか気持ちを持ち直すことができた。

絶対に、阿久津さんの好きにはさせない。

「そうか。わかった」

キッと睨みつける私に対して、阿久津さんは余裕の笑みを浮かべる。

その表情が……またムカツク。

ただ、誰かと一緒に食事をするのは久々で、阿久津さんと過ごすこの時間を素直に楽しいと思ってしまっていた。

それからも、阿久津さんとの奇妙な同居は続いた。

その後、火事について警察から連絡があったが、出火の原因は通行人によるタバコのポイ捨てだった。その人物はすでに特定され、現在身柄は拘束されているという。

ポイ捨ての犯人とアーバンオアシスには一切の接点はなく、阿久津さんはあの火事には無関係だった。

それなのにわざわざ駆けつけて、私を救い出して――。

一歩間違えたら、阿久津さんだってあの火事に巻き込まれていたかもしれないというのに。

その日の夜はずっとそのことを考えていたせいでなかなか眠れず、ふとスマホの時計を見たらとっくに日付を跨いでいた。

すると、部屋の外から物音が聞こえた。おそらく、阿久津さんが帰ってきたのだろう。

今日も遅くまで仕事をしていたんだ。

そう思っていたそのとき、突然何かが割れる音が響いて私は飛び起きた。

「今の……なに？」

　ベッドから抜け出し、私は恐る恐る部屋から顔を覗かせた。

「阿久津さん？」

　割れる音がしたと思われる玄関のほうへと向かうと、シューズボックスの上に置いていたはずの花瓶が床に破片となって飛び散っているのが目に入った。そこに活けていた花も散乱している。

　慌てて歩み寄ると、廊下の角から足元をふらつかせた阿久津さんの影が見えた。玄関までやってきた私に気づいて、阿久津さんが顔を上げる。

　お酒を飲んでいるのだろうか、阿久津さんの顔がやけに火照って見えるのは。

「……悪い、起こしてしまったな。ここは俺が片付けておくから、部屋に戻って――」

　と言いかけた阿久津さんが私のほうへともたれかかってきた。

　その体を支えようと、私は慌てて阿久津さんに手を伸ばす。

「あ……阿久津さん！　ちょっと、飲みすぎですよっ」

　迷惑そうに言ってみたけれど、そこで異変に気づいた。

　汗が流れる火照った顔に、荒い息遣い。額に手をやると熱かった。

「すごい熱……」

なんとか阿久津さんを部屋へと連れていき、ベッドの上に横にする。

リビングから風邪薬と水の入ったグラスを持って、再び阿久津さんの部屋へ。

「すまない。こんな時間に、こんなことさせて……」

「い、いえ。気にしないでください」

さっきよりも意識がはっきりとしている阿久津さんに、少しだけほっとした。

阿久津さんは、私が持ってきた水で風邪薬を口の中へと流し込む。

「ありがとう。もう寝てくれて構わないから」

「ですが……」

「俺も子どもじゃないんだ。ひとりで大丈夫だ。おやすみ」

阿久津さんがそう言うものだから、私は自分の部屋へと戻った。

けれど、頭の中はずっと阿久津さんのことが心配でたびたび目を覚ましてしまい、ぐっすりと眠れるわけがなかった。

結局、次の日は阿久津さんは高熱のままで、仕事を休むこととなった。三十九度も熱があるのに会社に向かおうとするものだから、それはさすがに私が止めた。

ここに住み始めてから、日中に阿久津さんが部屋にいるのは初めてのこと。

それでわかったことだけど、なんと阿久津さんの食事はほぼ毎日三食ともエネルギー補給用のゼリー飲料だった。

自室の冷蔵庫の中には、ビッシリとゼリー飲料が詰められていた。

朝はそれを持って会社に行き、車の中で飲む。昼も同じものを隙間時間に飲み、夜も帰りの車の中で飲む。

たまに会食が入って外食したりするくらいで、そんな生活をこれまでずっとしてきたそうだ。

「いくらなんでも、三食ゼリー飲料はやりすぎですよ……」

「好きでやっているわけじゃない。食べる時間がないだけだ」

「じゃあ、お昼にうちに買いにきてくれたときは？」

「あれは、たまたま時間が作れたときだ。自分へのご褒美としてな」

――〝ご褒美〟。

なにげなくたまにやってくるお客さんだと思っていたけど、阿久津さんはキッチンひだまりのお弁当を〝ご褒美〟だと思って買いにきてくれていた。

「キッチンひだまりの弁当を食べるたび、やっぱり手料理はいいなといつも思わされる」

まさか、阿久津さんがうちのお弁当を褒めてくれるとは思わなかったから――。

その言葉と柔らかく微笑む表情に、不覚にも私はときめきかけてしまった。

「だったら……、私が作ります」

「え？」

阿久津さんはキョトンとした顔を見せる。

「病人の阿久津さんでも食べられそうなもの、私が作ります。というか、これから毎日朝食とお昼のお弁当と夕食を作ります」

「それはありがたいが……、大変じゃないか？　どうした、いきなり」

様子を窺うように私の顔を覗き込む阿久津さんに、私はため息をつきながら腕を組む。

「またゼリー飲料ばかり飲まれて体調を崩されて、そのたびに私が看病するほうが大変ですから」

すると、それを聞いた阿久津さんが微笑む。

「看病してもらうつもりはなかったが。してくれるんだな」

ニヤリと口角を上げて阿久津さんが私を見つめるものだから、私はぽっと頬が熱くなった。

「と、とにかく……！　私にとっては、ひとり分作るのもふたり分作るのも変わらないのでっ。食べたくなかったら食べなくていいですから」

ムキになる私を見て、阿久津さんはクスクスと笑う。

熱が高いから食欲はないだろうと思ったけれど、阿久津さんは私が作ったお粥をペロリと平らげた。

たくさん食べて、薬を飲んで安静にしていたおかげだろうか。次の日には、高熱が嘘のように下がっていた。

「阿久津さん、もう大丈夫なんですか?」

「ああ。誰かさんが看病してくれたおかげで」

キッチンに立つ私の背後から、阿久津さんが耳元でささやいてきた。その吐息が耳に触れてくすぐったい。

「わっ……私はただ、食事を運んだだけです!」

顔を真っ赤にしながら振り返ると、阿久津さんは余裕の笑みを浮かべていた。その表情はまるで、戸惑う私の反応を見て楽しんでいるみたいで、なんだか悔しい。

こうして、この日から阿久津さんと向かい合って食事をする日々が始まった。

とくに夕食は、その時間に合わせるように阿久津さんが帰ってくるようになった。前までは、遅くまで帰ってこなかったのに。

「今日の夕食は何かと考えていたら、早く仕事を済ませて帰ろうと俄然やる気が出るんだ」

阿久津さんは、まるで新婚みたいな発言を恥ずかしげもなく口にしてくる。

阿久津さんって、こんなキャラだったかな。

一瞬わからなくなるときもあるが、こんなことで騙されてはいけない。

阿久津さんは、美風商店街を潰そうとしている張本人。

……でも。

なんだか徐々に、阿久津さんの表情が柔らかくなってきた気がするのは気のせいだろうか。

＊　＊　＊

――いつからだっただろうか、彼女を意識しはじめたのは。

社の女性社員たちが、こぞって『おいしい』と噂していた美風商店街の中にあるキッチンひだまりの弁当。

美風商店街に大型ショッピングモールの計画が浮上し、下見ついでに寄ってみた際、――彼女と出会った。

幕の内弁当を手に取ってレジに向かうと、彼女はレジ打ちに悪戦苦闘していた。

「お待たせしてしまってすみません。この子、今日が初日でまだ不慣れなもので……」

愛想のいい女性店主が俺にペコペコと頭を下げる。

「いえ。急いでいるわけではないので構いません」

という話をしていると、レジ打ちに苦戦していた彼女が感嘆の声を漏らした。

「で……できた！」

彼女は安堵した表情を見せ、俺に釣り銭を差し出す。

「……お待たせ致しました！　二四〇円のお返しになります」

そのときの、緊張がほぐれた彼女の自然な笑顔が今でも忘れられない。

俺は、初めてこの店に来たただの客。彼女はきっと覚えていないことだろう。

いや、覚えてもらわなくて結構。

なぜなら、俺は彼女の大事な店を潰すヒールとして、再び彼女の前に現れることになるだろうから。

それから二年後。

彼女は、レジ打ちでおろおろしていたあのときとはまるで別人のように、美風商店街の立ち退きに最後まで反対する芯の強い女性となって俺と敵対することとなった。

商店街を愛する彼女の気持ちを無碍にし、力でねじ伏せようとする俺は、……自分でもひどい男だと思う。

彼女が俺のことを憎んでいるのは知っているが、自分の身を犠牲にしてでも店を守ろうとする彼女のことを、仕事云々とは関係なく俺は放っておけなかった。

そんな気丈な彼女が、思い出の詰まった大事な店を一夜にして火事で失うこととなる。俺が敵だということも忘れて、すべてをさらけ出し俺の腕の中で泣きじゃくる姿は、触れたら壊れてしまうのではと思うほど脆く感じた。

――そのときだ。彼女をこの手で守りたいと思ったのは。

だから、行く当てのない彼女を半ば強引に連れてきた。当然彼女は突然知らない場所に放り込まれた猫のように警戒心を露わにしていた。

彼女の心が開くことはないと思っていたからこそ、一緒に夕飯を食べたり、俺が寝込んだときに一生懸命看病してくれたりと、ふたりで過ごす時間に密かに幸せを噛みしめていた。不覚にも、俺は彼女に惚れている。

彼女が優しさを見せてくれるのは、敵だと思っている俺を懐柔するため……？

それとも――。

愛しい男

阿久津さんの家に居候して二週間が経った。

今日は、新店舗の融資の相談で午後から銀行に行く予定だ。

母が話に合意してくれたらすぐにでも動き出せるようにと準備をしているのだけれど、その母がなかなか首を縦に振ってくれない。

「そんなに焦らなくてもいいじゃない。あんなことがあってまだ大変な時期なんだから、もう少しゆっくり考えたら」

お見舞いに行くたびにこう言われてしまう。

ため息をつきながらリビングでひとりお昼を食べていると、どこからともなく着信音が鳴り響いた。

見ると、ソファの端に阿久津さんのスマホが落ちていた。

朝、珍しく阿久津さんはバタバタしながら家を出たから、きっと忘れていったのだろう。

もうお昼だし、阿久津さんもさすがにスマホがないことには気づいてはいるだろうけど、取りには帰れないだろうし……。

でも、たしか今日は接待で遅くなるとも言っていたから、スマホは手元にあったほうがいいよね。

お昼から約束している銀行もちょうど阿久津さんの会社方面だったので、私はそのついでにスマホを届けることにした。

見上げるほどの高い建物が所狭しと並ぶビル街に、一際高くそそり立つビルがある。ここが、株式会社アーバンオアシスの本社。つまり、敵の本拠地。

居心地がいいところでもないので、私は受付に阿久津さんのスマホを預けるとすぐに出ようとした。

——そのとき。

「もしかして……、心晴？」

そんな声が聞こえて振り返ると、スーツを着た人々の間から私服姿の知っている顔を見つけた。

「……えっ、貴斗！」

そう。それは、幼なじみの岡田精肉店の店主の貴斗だった。

貴斗は火事の後、連絡が取れなくなった私のことを心配してくれていたようだ。

母のお見舞いにも行って、私のことを聞いてくれていたらしい。

母には、今は部屋を借りてひとりで暮らしていると伝えてある。美風商店街の敵である阿久津さんのお世話になっているだなんて、とてもじゃないが話せない。

なるべく母には心配をかけさせたくなかったから。

「まさか、貴斗とこんなところで会うなんて」

「オレは、書類の確認とかがあって呼び出されてな。心晴こそ、どうしたんだよ?」

「……あっ。え～っと、私は……」

とっさにいい言い訳が思いつかなくて困った。

「でもまあ、久々に会えたんだからちょっと話さないか? オレの家、この近くだから」

「そうなんだ。この後用事があるから、少しだけなら」

貴斗について行くと、とあるマンションに連れてこられた。

「ちょっと散らかってるけど」

「ううん、ありがとう。お邪魔します」

てっきり家族で暮らしていると思ったが、部屋はワンルームだった。

「あれ? おじさんとおばさんは?」

「親父たちはここにはいないよ。オレひとりで住んでるから」

聞くと、駅近のマンションは貴斗のおじさんとおばさんが住むために立ち退き料で買ったらしく、貴斗はもともと別でひとり暮らしをする予定だったんだそう。

「心晴は適当に座ってて。今、コーヒー淹れるから」

「ありがとう」

私は、ローテーブルのそばに座った。そのテーブルの上には、作りかけのジグソーパズルがあった。

「これ、なんのパズルなの？」

私は、コーヒーの入ったマグカップを両手に持ってやってきた貴斗に尋ねる。

「夜空の写真のパズル。荷解きしてたら出てきて、ついついやってみたくなって」

「片付けるつもりが、手が止まっちゃうやつだよね」

「それな。でもめちゃくちゃ難しくて、まだここまでしかできてないけど」

「話を聞くだけでも、私には無理そう……」

私は苦笑しながら、貴斗が淹れてくれたコーヒーをひと口飲む。

「あっ。でもたしか、阿久津さんの部屋にも似たようなパズルが飾られていたような。男の人って、そういう難しいパズルが好きだったり——」

「……〝阿久津さん〟？」

貴斗の視線が私に向けられ、私ははっとして口をつぐむ。

「今、〝阿久津さん〟って言った？」

「いや、それは……」

「しかも、〝阿久津さんの部屋〟って」

貴斗の低い声に、私はごくりとつばを飲む。

「どういうこと？　心晴、もしかして……今阿久津さんと一緒に住んでるのか？」

「え、えっと、一緒に住んでるっていうか……」

思わずうつむく私を見て、貴斗は重いため息をつく。

「……なんだよ、それ。よりによって、阿久津さんのところって」

そうつぶやいて、貴斗が奥歯を噛みしめる。

「おかしいと思ったんだよ……。心晴が用もないのにアーバンオアシスにいるのが」

「あ、あれは……ただ忘れ物を届けにいっただけで」

「へ～。ずいぶんと親切なんだな。心晴にとって、阿久津さんは憎き敵じゃなかったのかよ。それなのに、いつの間に飼い慣らされて――」

「飼い慣らされただなんて、そんな言い方しないで……！」

何かが私の中で沸き立ち、思わず立ち上がって貴斗に怒鳴った。

私の言動が予想外だったのか、貴斗は驚いた表情で私を見上げる。

「どうしたんだよ、心晴。何をそんなにムキになって――」

「ごめん、貴斗。私、帰るね」

私はバッグを肩にかけ、貴斗に背中を向けると玄関のほうへと急いだ。

「待てよ、心晴！」

貴斗は駆け足で後を追ってきて、私の手首を掴む。

「今からあいつのところへ帰るのか⁉」

「……違うよ。この後用事があるって言ったでしょ。それに、何か勘違いしているようだから言うけど、阿久津さんは火事で一文なしになった私に使っていない部屋を貸してくれれているだけ」

私は、握られていた貴斗の手を振り払う。

「今の私にとって阿久津さんは大家みたいな感じだから、それ以上は何もな――」

「……そうだったとしても、行かせたくない‼」

すると、後ろから貴斗に抱きしめられた。

「あんなやつのところになんて……行くなよ、心晴」

私の耳元で苦しそうな貴斗の声が漏れる。

「心晴が他の男と一緒にいるなんて、……そんなの耐えられるわけねぇだろ」

「べ、べつに寝室とかはもちろん違うから、貴斗が心配するようなことはないよ。だから、そろそろ離して——」

「心配するに決まってんだろ……！　オレは、心晴のことが好きなんだから！」

突然の貴斗からの告白に、私の体はピクッとして固まった。

……今、なんて？

「心晴。あんな冷たい人間と仕方なく住むくらいなら、ここで一緒に暮らそう……！」

後ろから抱きしめる貴斗の話を静かに聞いていたけれど、私はそっと貴斗の腕を振り解いた。

「ごめん。気持ちは嬉しいけど、私は貴斗をそういうふうに見たことがないから……」

貴斗の顔を直視することができず、私は視線を落とす。

「……なんでっ。あんなやつのどこがいいんだよ！」

「たしかに阿久津さんは冷たい人に見えるかもしれない。でも、そうじゃない一面もちゃんとあるから、あんまり阿久津さんのこと、悪く言わないで」

私は貴斗に背を向け、玄関のドアノブに手をかける。

「待てっ、まだ話は終わってな――」

「……きゃっ！」

貴斗が私の腕を掴んだ拍子に私はバランスを崩し、貴斗とともに床に倒れ込んだ。

はっとして目を開けると、貴斗が私の上に覆い被さるような体勢になっている。

キスをしてしまいそうなほどの至近距離に、私はとっさに貴斗の胸に手をついて押しのけた。そして、振り返ることなく貴斗のマンションから足早に出ていった。

まさか、貴斗が私のことをそんなふうに想っていたなんて――。

貴斗とはこれまで幼なじみとしてずっと一緒で、美風商店街の立ち退きにもともに反対してきた同志だったから、大事な仲間を失くしたような気持ちに駆られた。

ただそれは、貴斗が私への想いを打ち明けたからではない。

『あんなやつのどこがいいんだよ！』

『たしかに阿久津さんは冷たい人に見えるかもしれない。でも、そうじゃない一面もちゃんとあるから、あんまり阿久津さんのこと、悪く言わないで』

貴斗とは絶対にわかり合えないような確執を感じてしまったから。

……私は馬鹿だ。

これまで一緒にやってきた貴斗ではなく、阿久津さんを庇うだなんて。

でも、貴斗に阿久津さんのことを悪く言われたことが……すごく嫌だった。

阿久津さんのことをよく知らないのに、勝手なことを言わないでと。

このもやもやした気持ちの正体は一体――。

その日の夜、私は自分の部屋でお酒を飲んでいた。なんだかむしゃくしゃして、今日は珍しく飲みたくなった。

お酒はそれほど強くはないけれど、なぜだか軽快なペースで缶を空けていく。

部屋のテーブルに、ビールとチューハイの空き缶が二本ずつ並ぶ。不思議とまだ飲めそうで、お酒の調達をしにリビングへと向かった。

冷蔵庫から缶チューハイを取り出し、部屋に戻ろうとするとき、ちょうど接待が終わって帰ってきた阿久津さんとばったり出くわした。

「阿久津さん、おかえりなひゃい」

『おかえりなさい』と言ったつもりが、呂律が回らなくなっていた。

「いや、待て待て」

缶チューハイを持って、再び部屋に戻ろうとする私の腕を阿久津さんが掴む。

そうして、なぜか私はリビングへと連れ戻された。

握っていた缶チューハイを取り上げられ、代わりに水の入ったグラスを渡される。

「あの、私まだ飲み足りないんですけど……」

「いいから、ひとまずそれを飲め」

阿久津さんにそう言われ、仕方なく水をひと口飲む。

「前に、酒はあまり飲めないと言っていなかったか？　それなのに、こんなに酔っ払って」

「いいんです。今日は飲みたい気分なので」

私は、缶チューハイを奪い返そうと阿久津さんの手に腕を伸ばすも、阿久津さんはヒョイッとその手を上に上げてしまう。

「飲みすぎだ。何か嫌なことがあったなら聞くが。仕事柄、愚痴を聞くことには慣れてるからな」

ソファに座る私の隣へ阿久津さんが腰を下ろす。

「愚痴……というか。べつにたいした話ではないんですけど――」

そうつぶやいて、私は今日の貴斗との出来事を話した。

「貴斗は異性として見たことがなかったので、急にキスされそうな雰囲気に耐えられなくなって……逃げ出してしまいました」

もう貴斗とは幼なじみの関係には戻れない。それは覚悟してあの場から出てきた。

「でも私、後悔はしてません。どうしても、阿久津さんのことを悪く言う貴斗のことが許せなかったんです」

　自分に呆れて思わず苦笑する。

「敵なのに、おかしいですよね」

　酔っ払っているからだろうか。なんだか無性に笑えてきた。

　そして、お酒のせいで感情のコントロールが効かなくなっている私は、思わず内に秘めていた想いを漏らしてしまう。

「私、阿久津さんのこと好きなんですかね？」

　そう言ってヘラヘラと笑う私を、隣に座る阿久津さんはじっと見つめる。

「なんですか、私のこと見て。阿久津さんも私のこと、好きになっちゃいました？」

　タチの悪い酔っ払いに絡まれ、阿久津さんはさぞかし面倒くさく思っていることだろう。

　その証拠に、阿久津さんはため息をつく。と思ったのも束の間、阿久津さんが私の手首を握って熱を帯びた瞳で私を捉えた。

「あまり煽るな。好きな女から好きだのなんだの言われて、こっちは理性を保つのに必死だっていうのに」

私から視線をそらし、阿久津さんは唇を噛む。

しかし、思考が定まっていない今の私はその言動の意味をいまいち理解していなかった。

「もしかして……、阿久津さんの言う〝好きな女〟って私のことですか？」

眠気もあってとろんとした目で阿久津さんの顔を覗き込むと、阿久津さんは顔を背けた。

「この話はこれで終わりだ」

「え～、どうしてですか」

「話したところで、その状態だと明日には覚えていなさそうだからな」

阿久津さんは、まるで子ども扱いするかのように私の頭をぽんぽんと撫でる。

「それに、もう少し俺を警戒したらどうだ。俺だって酒が入っているんだから、勢いのままに襲われたって文句は言えないぞ」

「阿久津さんが私を？　……ないですよ～！　だって、私たちは敵同士だからそんな関係には――」

「じゃあ……、試してみるか？」と阿久津さんの低い声が聞こえたかと思ったら、突然唇を奪われた。

予期せぬ出来事に、私は頭の中がフリーズしてしまい次の動作に移れなかった。

阿久津さんは、そのまま私をソファに押し倒す。

「あ……阿久津さん、急に何をっ」

阿久津さんが私の首筋にキスを落としていく。

小鳥がついばむような軽いキスに、くすぐったくて身をよじらせてしまう。

「今さら〝やめて〟は聞けないからな。散々、人を煽っておいて」

阿久津さんは私の首筋、鎖骨に顔を埋め、阿久津さんの唇が触れるたび、私は体が火照って息が上がる。

私の上に覆い被さりながら体中にキスを落としていく阿久津さんと目が合い、まるで吸い寄せられるように互いの唇を重ねた。

自分でも何をしているのだろうと、頭の片隅に残された僅かな理性が問いかける。

しかし、このときばかりは我を忘れて、私は無我夢中で阿久津さんと唇を貪り合った。

一度キスが途切れ、阿久津さんの顔を覗き込む。すると、阿久津さんは私の体を抱えて立ち上がった。

突然のお姫さま抱っこに、とっさに阿久津さんの首に腕を回す。

そのまま連れてこられたのは、阿久津さんの部屋のベッド。私はその上に優しく下ろされる。

そして、荒々しくネクタイを解いた阿久津さんが再び私の上に覆い被さる。

私たちはどちらからともなくまた深いキスをすると、互いの背中に腕を回して抱きしめ合った。

今の私たちには、体裁なんてものはどうでもよくて。このときばかりは、心が求め合っていた。

熱で浮かされたみたいに、頭がぼうっとする。そんな私に、阿久津さんは甘い刺激を与えてくる。

「……待って、阿久津さんっ。そこは……」

「待たない」

阿久津さんからの絶え間ない刺激に、私はすっかり溺れてしまっていた。

「抵抗しなくていいのか？　憎い男に抱かれているというのに」

そんなこと、……言われなくてもわかってる。

でも、今夜だけは……。阿久津さんでいっぱいに満たされたい。

「心晴、こっち向いて」

阿久津さんが、初めて私のことを『心晴』と呼んだ。今まで、とくに呼ばれることもなかったのに。

こんなときに名前で呼ぶなんて……ずるい。

「阿久津さっ……ん、私……もうそろそろ……」

「逃さない。俺は、もっとかわいい心晴を見ていたい」

いつもはスマートな阿久津さんが、私を熱く求めて離さない。

次から次へと押し寄せる刺激の波に、私の身が持ちそうにない。

「あ……阿久津さん、もうやめてっ……」

ついには懇願するしか方法がなくなった私を上から見下ろし、満足そうな表情を浮かべる阿久津さんがそっと耳元でささやいた。

「〝恭平《きょうへい》〟って呼べたら許してやるよ」

意地悪くニッと笑ってみせる阿久津さん。

阿久津さんを名前で呼ぶだなんて――。

私たちは、互いを名前で呼び合うような仲なんかじゃない。敵同士の相容れない関係なのに。

「……無、理です……。そんなの……」

「まあ、俺はそれでもべつに構わないが。このまま心晴を抱き続けるだけだからな」

阿久津さんは容赦なく甘く攻め立ててくる。

私をいじめる余裕がある阿久津さんと違って、私は抵抗する気力も失いされるがまま。

このままでは、本当にどうにかなってしまいそうだ。

「きょっ……、……きょう……へい……さ、ん」

「ん？　聞こえない」

恥ずかしさに身を焦がしながらもなんとか名前を呼んだ私を、阿久津さんはあっさりと一蹴する。

でも口角の上がったその表情を見たら、……聞こえている。

聞こえているのに、わざと聞こえないフリをしている。

「ほら、もう一度」

阿久津さんが耳元でささやくから、思わず体が疼いてしまう。

「もうこれ以上……、意地悪するのはやめてください。……恭平さんっ」

私が涙目になりながら訴えかけると、見下ろす阿久津さんは喉を鳴らした。

「わかったよ。俺の名前を言えたご褒美に、最後に目一杯満たしてやる。覚悟しろ」

そう言って阿久津さんは一層強く私を抱きしめると、ラストスパートをかけた。

頭の中が阿久津さんでいっぱいになって、夢中になって何度もキスをする。

「心晴、ひとつだけ言わせてくれ」

意識が朦朧とする私の耳元で阿久津さんが語りかける。

「俺がこうしてお前を抱くのは、ただの酔った勢いなんかじゃない。お前のことが好きだから、この気持ちを止められなかった」

本来なら、憎い男に抱かれ屈辱的なはずなのに。私も今のこの気持ちには抗えない。

「恭平さん、私も……好きです」

それを聞いた阿久津さんの微笑んだ顔が印象的だった。

そうして私はその夜、阿久津さんからの愛に溺れた。

翌朝。

目が覚めると、隣には上半身裸の阿久津さんが眠っていて、反射的にぎょっとして飛び起きた。

私も服を着ていなくて、とっさに布団で体を隠す。

……そうだ。私……昨日、阿久津さんと。

てっきり記憶を飛ばしていると思っていたのに、鮮明なくらいに覚えている。

思い出すだけで、あんなに乱れてしまっていた自分が恥ずかしくて……穴があったら入りたい。

貴斗とのことがあって、飲めないお酒を無茶して飲んでそれで——。完全に雰囲気に飲まれていた。

憎い男のはずなのに、阿久津さんに抱かれて嫌だったどころか、むしろあのときは幸せを感じてしまっていた。

キッチンで朝食の準備をしていたら、阿久津さんが起きてきた。

「おはよう。早かったな」

「お、おはようございます……」

……どうしよう。顔をまともに見られない。

サラダ、スープ、ハムエッグトーストがそれぞれのったお皿をダイニングテーブルに並べる。

そして、先に席についていた私の向かいにスーツに着替えた阿久津さんが座った。

「「いただきます」」

気まずい朝食の時間を迎えた。

新聞を読みながら黙々とトーストをかじる阿久津さんは普段と変わらず凛々しくて、

昨夜とはまるで別人のよう。

「昨日のことは、覚えているか？」

阿久津さんのその言葉に、私はビクッと肩を震わせて反応する。

「その様子だと、覚えているみたいだな」

余裕の笑みを見せる阿久津さんとは違って、私は恥ずかしさでうつむくことしかできない。

「か、勘違いしないでくださいね……！　あんなことで、私は丸め込まれませんよ」

せめてもの抵抗で反論してみるが、顔が真っ赤になっていることは自分でもわかっている。

「私は、依然として立ち退きには反対です！　今日母のところに行って、改めて話し合うつもりなので」

私は、前と変わらず阿久津さんと争う覚悟。

その意思の表れとして阿久津さんを睨んでやりたいところだが、不覚にも目が合うだけでドキドキしてすぐに視線をそらしてしまう。

「それじゃあ、行ってくる」

「はい。お気をつけて」

玄関のドアを開けた阿久津さんだったが、何かを思い出してかくるりと私のほうを振り返る。

「そういえば、今日は二時頃病院へ行く予定か？」

「は、はい。そうですけど」

母のお見舞いには、いつもそれくらいの時間に行っている。

でも、どうして阿久津さんがそんなことまで知っているのだろう。

不思議に思ったけど、私が尋ねるよりも先に阿久津さんは会社に向かってしまった。


「お母さん、きたよ」

病室のドアを開けると、ベッドから窓の向こうの景色を眺めていた母が振り返った。

「心晴、いらっしゃい」

母の顔色はよさそう。

りんごを剥いていると、母の担当医がやってきた。

そこで、病状も回復傾向にあるから、そろそろ退院の目処がつきそうだという嬉しい知らせを聞かされた。

「よかったね、お母さん！」

「心晴が代わりに頑張ってくれたおかげだよ」

「そんなことないよ。だって、店は燃えてなくなってしまったし……」

私はきゅっと唇を噛みしめる。

「お母さんが退院できるなら、これで考えていた事業計画を本格的に実行に移せそう。またふたりでやっていこうね」

阿久津さんの好きにはさせないためにも。

「……ちょうどよかった。お母さんもそのことで話があったの」

「そうなの？　何々？」

私が母の顔を覗き込むと、母は柔らかく微笑んだ。けれど、その表情はなんだか切なそう。

そして、母の視線は病室のドアへと向けられた。

「入ってきてもらえますか」

母がそう声をかけると、ドアがひとりでにゆっくりと開いた。

そこに現れた人物を見て、私は開いた口が塞がらなかった。

「失礼致します」

礼儀正しくお辞儀をして病室に入ってきたのは、――なんと阿久津さんだった。

「阿久津さん！　どうしてここに……！」

「私がお呼びしたの」

「お母さんが⁉」

そういえば朝、阿久津さんにお見舞いは二時に行くのかと聞かれ、どうしてそんなことを知っているのだろうとは思っていたけれど、前もって母と約束していたのか。

阿久津さんの家に居候させてもらっていることは母には秘密にしているから、ここでは阿久津さんとはあえて距離を取る。

でも、母がわざわざ阿久津さんを呼び出したということは、立ち退きの件以外にない。

……まさか。いや、そんなはずはない。

そう自分に言い聞かせるも、さっきの母の切なげな表情が引っかかって胸騒ぎがする。

そして、母はゆっくりと私に目を向けた。

「ごめんね、心晴。立ち退きに……、合意することにしたの」

嫌な予感はしていたものの、いざその言葉を聞かされた私は頭の中が真っ白になった。

「すでに契約書にサインはしたわ。もうあの商店街は阿久津さんの会社のものなの」

「えっ……。ちょっと待ってよ……」

すでに立ち退きの契約が交わされている？……私が知らない間に。

「どういうことですか、阿久津さん！　病気で弱っている母に迫って、無理やりサインさせたんですか⁉」

私は、黙ったまま突っ立っているだけの阿久津さんをキッと睨みつけた。

「……そう思われても仕方ない。生まれ育った街を奪うことになるのだからな」

やっぱり阿久津さんは阿久津さんだ。

少しだけわかり合える部分もあるのではと思ったけど、阿久津さんは敵のままだったんだ。

「こんなやり方……ひどいです！　私は何も聞いていないのにっ……」

これまで守ってきたものが本当になくなってしまったとわかった途端、止めどなく涙があふれだした。

「……奪うためなら手段を選ばないんですね。見損ないました、阿久津さ――」

「違うの、心晴！　立ち退きに合意したいと阿久津さんに申し出たのは……お母さんのほうからなの！」

母のその言葉に、私は耳を疑った。

「何言ってるの、お母さん！　そんなわけ――」

「本当よ。美風商店街やキッチンひだまりのことは大切だけど、それよりも心晴のことが一番大切だから」

「どうして、今私の話なんかに……」

なかなか理解できなかった。そんな私に、母はひとつひとつ丁寧に説明してくれた。

母が立ち退きに合意したのは、すべては私のためだった。

自分が長期で入院することになり、私ひとりに無理をさせて体を壊さないだろうかと、母はいつも私の心配ばかりしていた。

というのも、父が亡くなったのは病気の発見の遅れが原因だった。ちょっとした不調はあったけれど、店のことのほうが大事だからと受診を後回しにして。

そして、今回は母自身が病気に。

このまま、私ひとりに店を任せることになってしまったら、きっと遅かれ早かれ私も倒れてしまう。

それだけは絶対にさせない、させたくない。

だから母は、店が火事で焼失したことを知って悲しんだものの、これを機にと立ち退きについて前向きに阿久津さんと話し合いを重ねてきたのだそう。

「心晴が店を大好きでいてくれているのは知っているから。でも、体を壊しちゃ元も子もない。阿久津さんのモールで、キッチンひだまりを生まれ変わらせてあげて」

「でも、……ＪＯＧの鳥飼さんのときからいい噂は聞かなかったよ。所詮は口約束で、実際には店はオープンさせてもらえないって」

だから、ずっと反対していたのに。

「そういった噂についてですが……。おそらく本当です」

阿久津さんが重い口を開いた。

……やっぱり！

でも、どうしてそんな簡単に阿久津さんが白状するのだろうか。

半信半疑で阿久津さんの話を聞くと、ＪＯＧという会社はアーバンオアシスの下請けだった。

しかし、次々と悪い噂を耳にし、阿久津さんはＪＯＧを徹底的に調査することに。

すると、騙しに近いような巧みな話術でこれまであらゆる地域で立ち退きをさせていたことがわかり、それを止めるため阿久津さんは動き出す。

なんと、ＪＯＧをアーバンオアシスに吸収合併させたのだ。

これにより、実質的にJOGという会社は消滅。鳥飼さんがいなくなり、突然阿久津さんが話しにやってきたのにはそういった経緯があったのだ。

「JOG経由で立ち退きに判を押してもらったところには、改めてお話をしに伺いました。そうして、すべての店舗さんから再度合意をいただきました」

……そうだったんだ。阿久津さん、私が知らないところでそんなふうに働きかけてくれていただなんて。

「キッチンひだまりは、きっともっと多くのお客様を虜にする。ですから、うちの新規モールでぜひとも出店いただきますよう、お願い致します」

阿久津さんが、私に向かって深々と頭を下げた。

そうまでして、阿久津さんはキッチンひだまりの再スタートを後押ししようとしてくれている。

ずっと敵だと思っていたのに――。

本当は、味方……だったの？

こうして、母の思いと阿久津さんのビジョンを共有した私は、美風商店街からの立ち退きに合意したのだった。

阿久津さんが帰った後、私は脱力して丸椅子に座り込む。

「……でも。本当になくなっちゃうんだね、美風商店街」

「そうね。だけど、思い出までもが消えちゃうわけじゃないから」

微笑みながら私にそう語りかける母に、私も笑って頷いた。

「それにしても、阿久津さん。いい方ね」

「そ、そうかな」

「ええ、そうよ。『大事な娘さんをお預かりすることになりました』って、心晴が阿久津さんの家に居候になるときにわざわざ挨拶にきてくださったんだから」

「えっ！　阿久津さんが……!?」

……知らなかった。

私は母に隠していたつもりだったのに、母はすでに阿久津さんとの同居のことを知っていたなんて。

その日の夜。

私は、帰ってきた阿久津さんのところへ駆け寄った。

「……阿久津さん。これまでいろいろと誤解をしていたようで、……申し訳ございませんでした！」

ずっと美風商店街を潰す悪い人としか認識していなかったけど、ＪＯＧの魔の手から救ってくれて、キッチンひだまりのことも考えてくれていた。

あれだけ阿久津さんに反発していた自分が恥ずかしい。

「気にするな。仕事上、人から恨まれたっておかしくはないからな」

「そうだったとしても、阿久津さんのことをまったく理解しようともしないで――」

「本当にそうか？」

阿久津さんが私の顎をくいっと持ち上げながら見下ろす。

「昨日の夜……。俺は心晴と気持ちが通じ合えたと思ったが」

その色っぽい瞳に見つめられ、私はつばをごくりと飲む。

昨日の夜とは――。

『阿久津さっ……ん、私……もうそろそろ……』

『逃さない。俺は、もっとかわいい心晴を見ていたい』

ベッドの上で、阿久津さんの愛に溺れたときだ。

思い出すだけで顔から火が出そうになる。

「頑張り屋で家族思い。芯がしっかりとしていて、どんな逆境にもくじけない。そんな心晴を間近で見てきて、自然と惹かれるのは当然のことだろう？」

阿久津さんは、愛おしそうに私を見つめる。

「昨日と違って、今日はお互い酒は入っていない。だから、心晴の気持ちをもう一度聞かせてほしい」

聞かせてほしいって言ったって――。

私はきゅっと唇を噛んだ。

「阿久津さんは、〝美風商店街の敵〟というイメージしかなくて……大嫌いでした。……でも」

「〝でも〟……？」

「本当は、この地域の人たちのことを考えてくれていて。勘違いされて恨まれながらも、裏では助けになるようにと人知れず戦ってくれていた……陰のヒーロー」

私がそう言うと、はにかむようにして阿久津さんの口角が上がった。

「絶対好きになるわけないと思っていたのに……。今では、すっかり阿久津さんに惹かれています」

少し前までの私じゃ考えられなかったことだろう。

だけどたしかに、私は今目の前にいるこの人のことが……好きだ。

「たまらないな。これから心晴のこんなかわいい顔を毎日見られると思ったら」

「か、かわいいって……」

「いいだろ。俺だって浮かれるくらいしたって」

そう言って、阿久津さんは優しく私を抱きしめた。

「心晴、好きだ。愛してる」

「……私もです、恭平さん」

私たちは熱い視線で見つめ合うと、そっと唇を重ねたのだった。

＊＊＊

——それから二年後。

美風商店街の跡地に、アーバンオアシスが計画していた大型ショッピングモールが建設された。

名前は、『ＭＩＫＡＺＥモール』。そこの一階にあるのが『カフェひだまり』。

そう。私と母の新しい店だ。

弁当屋『キッチンひだまり』から、私の夢を詰め込んだカフェへと生まれ変わった。

店主は私で、従業員も抱えて、バッタバタの開店初日をなんとか乗り切った。

「初日、お疲れさま」

閉店後の店内に残っていると、後ろから男性がやってきた。

このモールの責任者である恭平さんだ。

「心晴、今大丈夫か？　少し話があるんだが」

「大丈夫ですよ。なんですか？」

キョトンとして私が振り返ると、突然恭平さんが私を抱き寄せた。

「言うなら今日にしようと……ずっと思ってた」

そんな恭平さんからの熱い眼差しを見て悟った。この顔は、モール責任者の顔ではなく、ひとりの男としての顔だと。

だからといって、その後の言葉は想像もしていなかった。

「心晴、結婚しよう」

突然のプロポーズに私は目を丸くする。

「そんなに驚くことか？　俺たち、付き合って二年も経つのに」

「だ、だって……。これまでは店のオープンに向けて私は頭がいっぱいで、きっとこれからもそうなるだろうから……いい奥さんなんてできないのに」

「なにも、いい奥さんになってほしいわけじゃない。心晴が作る料理で、心晴と笑って楽しい食事の時間を過ごす。そんな当たり前の幸せがずっと続いてほしいから」

そう言って、恭平さんは背広のポケットから小箱を取り出した。

恭平さんの大きな手の中にすっぽりと収まるサイズの小箱の中には、煌めくダイヤの指輪が。

「これからも、俺の隣で笑っていてほしい」

優しく微笑む恭平さんの表情に、私も自然と笑みがこぼれた。

「……はい！　こんな私でよければ、よろしくお願いします」

私と恭平さんは水と油。絶対に交わることなどない。

——そう思っていたのに。

屈辱的なほどに、今は幸せでいっぱいです。


（了）

世界最悪の外交官に偽装告白したら溺愛が待っていました

またたびやま銀猫

外交官《にくまれっこ》、世にはばかる

出勤前の朝が穏やかであったことなどあるだろうか。いや、ない。

朝食を終えた花青朱鳥《はなおあすか》は、ばたばたと準備をしていた。

テレビは昨夜のトップニュースをまた報じている。

『エカルダル共和国に赴任中の劔地恭匡《けんちやすまさ》外交官は現地で幼い女児を誘拐しようとした容疑がありますが、外交官特権を行使して逮捕を免れています。エカルダルを出国した後の行方は杳《よう》として知れず……』

「滅べばいいのに」

朱鳥は思わずつぶやいた。

どうせ目的はろくでもないことだろう。

少女は無事に保護され、今は心の傷を考慮してアメリカにいるといい、ＦＢＩが協力した、と聞こえてきた。

ちらりと見た画面には三十過ぎと思われる人相の悪いイケメンが映っている。

いくら美形でも変態な上にずるして逃げる男は絶対にごめんこうむりたい。

外交官が海外に悪名を馳せるなんて致命的だ。二度と外務はできないだろう。

化粧を終えると髪をひとつに結んだ。

『二か月後、彗星が地球に最接近します。こちらの天文台では……』

アナウンサーがにこやかに紹介を始める。

彗星かあ。うちは三流以下のゴシップ雑誌だから、これ系の記事は載せてもらえないな。

テレビを消して家を出る。

それきり、外交官のことは忘れた。

次に思い出したのは、一か月後だった。

ライターも歩けば特ダネに当たる

東京の片隅で、朱鳥は夏の日差しに灼かれた熱いベンチに座った。買ったばかりの缶コーヒーを開けてぐびっと飲むと、冷たく喉が潤う。

日曜日、街を行き交う人々の顔は太陽以上に明るい。友達と、恋人と、家族と。笑いあいながら歩く人たち。対する自分は。

ため息をついて、またコーヒーを飲む。

買い物に来たものの、まったく気分転換にはならない。素敵な服にもかわいい小物にもときめかない。

憂鬱な心に浮かぶのは昨日の言葉ばかり。

『ごめん。凛子《りんこ》と付き合うから別れてほしい』

付き合って三か月で彼氏の川俣航平《かわまたこうへい》に振られた。彼からの告白だったのに。

帆見《ほみ》アマンダ凛子は二か月前に入社した事務員で、朱鳥と同じ二十八歳、航平のひとつ下だ。母親がラテンアメリカの出身だという彼女は背が高く、目鼻立ちのくっきりした美人だ。さばさばしていて男性ウケがいい。彼ももれなく彼女の魅力に負けたらしい。

朱鳥も航平も弱小出版社に勤めるライターだ。

彼の仕事をたくさん手伝ってきた。自分の仕事をさしおいて代筆したこともある。

ありがとう、とそのたびに笑顔を向けてくれたのに。

考えてみればいつもお礼だけで、彼が朱鳥の仕事を手伝ってくれたことはなかった。

自分は本当に愛されていたのだろうか。

その上さらに、とため息をつく。

上司である編集長の藪内勝則《やぶうちかつのり》に雷を落とされた。

「お前、まだわかってねえな！　もっと過激に煽情的に書け！　おきれいで上品な文章なんざクソだ！　そういうエンタメなんだよ！」

この出版社は電子書籍で女性向けの下世話な週刊誌を作っている。

朱鳥は一年契約で来月が更新だ。

仕事と割り切って芸能人の不倫や熱愛、乱行を書いてきた。だが、朱鳥が書きたいものではない。よその後追いで取材もせず書くそれは、素人が作るまとめサイトと何が変わるのだろうか。

より下品に、より下世話に。そうした文章を書くたび、大事な何かがすり減っていく気がする。

小説が好きで学生時代にはたくさん読んでおり、作家は無理でもライターにはなれるかも、と就職活動の際は出版社を受けまくった。が、全滅。

諦めて普通の会社に事務員として就職したものの、憧れを捨てきれず、三年前に副業でウェブライターを始めた。

最初は一文字で〇・一円という格安である上、リサーチの時間に報酬はない。

主に動物ほのぼのニュースを書いて実績を作った。一文字三円から五円を行き来するようになった頃にこの出版社で一年契約のライターを募集していると知り、とびつくように転職した。

だが、嬉しかったのは最初だけ。

わかっていたとはいえ、内容は芸能人やスポーツ選手などの下世話な話ばかり、会社のサイトでは動画もアップしており、文章が活躍する場は徐々に削られた。

今や動画の時代なのだから、文章でエンタメを発信してどれだけ顧客を得られるのか。

それでも朱鳥にとって文章でつづられる世界は魅力的だ。

文章ならいつでも静かに自分だけの世界に入っていける。効果音も絵もない世界だからこそ、いっそうに没入できる。

言葉だけができることがある。

だからこそ文章の世界に飛び込んだのに。

人を癒やしたり救ったりする言葉や文章が書きたかったのに。

今は下積みだと割り切ろうと思うのに苦さを噛みしめる毎日で、ライターを目指したときの憧憬はすでにない。霧の中でもがくようなじめじめした息苦しさがあった。

何度目かわからないため息をつき、コーヒーを飲み干したときだった。

三歳くらいの女の子がひとりでいるのを見つけた。

彼女は不安そうに通り過ぎる大人たちを見上げている。

迷子?

声をかけようか。でも不審者だと思われたらどうしよう。

そう思い、気がつく。

バッグの中にペン型カメラがある。転職したときに気分が高揚して買ってしまったもので、常に持ち歩いていた。これで撮影しながら近づけば、何かあったときに迷子を保護しようとしただけとわかってもらえるだろう。

空き缶をゴミ箱に捨て、黒い無骨なそれをカーディガンに差してスイッチを入れる。

少女に向かうと、横から背の高い男性が現れた。三十過ぎと思われる彼の前髪は、顔を隠すように長い。

彼はまっすぐに歩み寄り、彼女の前で長い脚を折って片膝をつく。

「どうした？　迷ったのか？」

男性は優しく話しかけるが、女の子は表情を硬くして答えない。

「困ったな」

「あちらに交番があります」

朱鳥が声をかけると、男性は顔を上げた。

つややかな黒髪が流れ、鋭く、しかし美しい瞳が現れた。鼻尖《びせん》がシャープで顔のラインがすっきりしている。片膝をついた彼はまるで姫にかしずく騎士のようで、朱鳥はどきっとした。

逡巡を見せた後、彼は言う。

「一緒に行ってもらえませんか」

「いいですよ」

答えると、彼は口元に安堵を浮かべた。

「おまわりさんに家族を探してもらおうな」

彼の声は優しかった。が、女の子は顔を強張らせて後ずさる。

彼はとっさにその手を掴んだ。

直後。

「ぎゃあああああ！」

女の子がすごい勢いで泣きだし、周囲がぎょっとして三人を見る。

「すまない、しばらく辛抱してくれ」

彼は問答無用で彼女を抱き上げ、頷いて朱鳥を促す。

朱鳥は頷き返し、彼とともに駅前の交番に行く。道中、大丈夫だよ、と女の子に声をかけ続けた。

交番には警察官に必死に何かを訴える女性がいて、もしかして、と思いながら扉をスライドさせる。

「あの、迷子なのですが」

朱鳥が言うと、女性は少女を見て声をあげた。

「まりえ！」

下ろされた少女はすぐさま女性に抱きつき、甘えるように泣く。

「ありがとうございます。ちょっと目を離した隙にいなくなってしまって」

女性もまた泣き出しそうに女児の背をさすった。

「迷子を届けに来たんですが、あっさり保護者が見つかったようですね」

「良かったです」

男性の言葉に、警察官が笑顔で頷く。

「ぜひお礼を。せっかくのデートをお邪魔しちゃったでしょう?」

女性は返事も待たずにスマホでどこかへ電話を始める。

デート⁉

動揺した朱鳥は思わず男性を見るが、彼は苦笑するのみだった。

電話を切った女性はふたりに顔を向ける。

「駅ビルの四十階にあるティーラウンジに予約を入れました。私の名前、古倉《ふるくら》美幸《みゆき》でとってあります。支払いはこちらでしますから。あ、この後ご予定があったかしら。私ったら確認もせずに」

「予定はないですけど……」

朱鳥は困惑した。そこは会員制の高いティーラウンジだった気がする。

男性は口元に静かな笑みを浮かべた。

「お言葉に甘えさせていただきます。ありがとうございます」

「ありがとうございます」

とりあえず朱鳥も礼を述べた。

何度も頭を下げる女性に見送られ、先に交番を出る。

「どうします？」

朱鳥が尋ねると、男性は苦笑した。

「よかったらご一緒に。せっかくのご厚意だから」

「そうですね」

会員制のティーラウンジなんて行ったことがない。他人のおごりでネタが得られるかもしれない。

朱鳥は背の高い彼と並んで歩き、ふと、彼を見たことがある気がしてきてジーッと見つめた。

「どうしました？」

視線に気づいた彼が言う。

「どこかで会ったことありましたっけ？」

「ナンパにしては古い手を使いますね」

「ち、違います！」

慌てた否定に彼はフッと笑い、朱鳥は恥ずかしくてうつむいた。

長い前髪はナンパが嫌になって顔を隠しているのかな。

もったいないなあ、と思いながら朱鳥は隣を歩いた。

ティーラウンジは広々としていて、高級感とともに落ち着いた雰囲気が漂う。

古倉美幸の名を伝えると、窓際の席に案内された。

シックな楕円のテーブルを挟み、白い革張りのソファが向き合っている。

「ご予約はアフタヌーンティーのセットで伺っております。お飲み物はいかがなさいますか？」

「アイスコーヒーを」

「私も」

「かしこまりました」

慇懃に頭を下げ、ウェイターがさがる。

「あのお母さんに誤解されちゃいましたね」

朱鳥が言うと、男性は苦笑した。

「でも助かった。俺だけだと不審者だと思われかねなかった」

「今は厳しいですもんね」

それきり、会話は途切れた。

窓からは夏に灼かれる街がよく見えた。小さくなった人々が灰色のビルの間を泳ぐように歩いている。あの人たちにも人生があるんだよね、と当たり前のことを思う。

顔を上げると晴れた空が心地よく見渡せた。失恋や契約更新の悩みなどちっぽけな気がしてくる。生活がかかっているから切実なのだが。

小説のようなまろみのある文章やあでやかな文章などは書けない。それでも文字を書いて生活できている現状を捨てたくはなかった。

どうにか評価をもらって、更新に繋げなければ。

女性ウケする、醜聞。

会員制の高級な場所なら芸能人が……って、そんな都合よくいるわけないか。

ため息をついて、居心地悪く座り直す。

「悩みごと？」

男性に聞かれ、朱鳥は頷く。

「仕事もプライベートもうまくいかなくて」

「そういうときありますね」

男性は深く聞かずに頷く。

そうだよね、と朱鳥は思う。赤の他人に「相談にのるよ」とか言うわけないし、聞かされたところで困るだろう。女性ウケする新しい醜聞ないですか。そんな問いに「ありますよ」なんて答える人がいるわけない。

「お待たせいたしました。アフタヌーンティーセットでございます」

店員がおしゃれなワゴンを押して現れ、朱鳥は目を輝かせた。

銀色の猫足スタンドには水色のリボンが飾られ、頂点にはティアラが輝く。

白いお皿は縁がフリル状に象られ、三段目には小さなサンドイッチが三種二セット、二段目にはバターとジャムとクリームが添えられたスコーンがある。最上段にはチョコレートケーキと苺ムースとレアチーズケーキが二個ずつ、華やかに装飾されてのっていた。

茶器もまた白くフリルのようなふんわりした形をしている。

店員は丁寧に配膳し、ワゴンを押して戻っていった。

「綺麗……」

スマホを構えた朱鳥はすぐに撮影に集中する。

立ち上がって角度を変えて撮っていると、男性の静かな笑みに気がついた。

「あ、すみません」

「好きなだけどうぞ」

「じゃ、遠慮なく」

朱鳥はスタンドと茶器の位置を変え、通路にしゃがみこんだ。やや煽《あお》る角度で青空をバックに写す。……うん、なかなかいい。綺麗なケーキ類は隠れてしまうが、雰囲気がよかった。

満足してから、ハッとした。こんな撮影の仕方はさすがにお行儀が悪いだろう。

バツが悪い気持ちでソファに座ると、男性は笑い含みで言う。

「写真を仕事にしてる人？　『映え』が命の人？」

「どちらでもないです」

ウェブライターとは言いづらかった。何を書いているの、と問われたときに胸を張って答えられない。

こだわって撮りまくるのは副業時代のクセだ。写真を同時に使ってもらえたら報酬が増える。

スタンドをテーブルの真ん中に戻した。

「ありがとうございます。もう大丈夫です」

「では、いただきます」

「お仕事は何をされてるんですか？」

「公務員ですよ。あなたは？」

「事務です」

聞き返されて、とっさに嘘をついてしまった。

「じゃ、そのペン型カメラはなんのために？」

朱鳥はカーディガンにつけていたのを思い出し、スイッチを切ってバッグにしまう。

「興味本位で買っちゃって。今日初めて使いました。不審者だと思われたときに弁解できるように」

よくカメラだと気がついたな。カーディガンについているのが不自然とはいえ。

改めて彼を見るが、やっぱりどこかで見たことがある。

彼が前髪を邪魔そうに掻き上げ、一瞬、美貌があらわになった。

朱鳥は声をあげそうになり、ぐっと拳を握りしめる。

あの外交官だ。赴任地で幼女を誘拐して外交官特権で逃げ、全世界から嫌われているワーストワンの男。

事件後、エカルダル共和国の大統領は猛然と日本を批判し、日本大使館前には「誘拐犯を許さない」とデモ隊が押し寄せた。国内外で激しくバッシングされ、テレビでは外交官特権の特集が組まれて毎日うるさかった。

外交官特権はいろいろあるが、今回話題になったのは「外交官の身体の不可侵」だ。

これは逮捕・抑留・拘禁の禁止があり、だから彼は逮捕されなかった。

日本に戻ってきてたなんて。

どきんと跳ねた心臓を落ちつけようと、朱鳥はコーヒーを飲む。

きっと特ダネになる。何か聞かないと。だけど何を？　逃げられたらおしまいだ。

慎重に。

今日、迷子に近づいたのは本当に助けるため？　それとも……。

その前に名前を確認しなくては。

「私、花青朱鳥と言います。あなたは？」

「名乗る必要あるかな。もう会わないのに」

「またお会いしたいです」

「デートの誘い？」

笑うように言われ、頭が真っ白になった。普通に考えればそうなのだろう。

「……そうです」

うつむきながら答える。特ダネのためにデートを申し込むなんて、人として大事なものを捨てた気がする。政治家の不正を暴くなどの正義のためじゃない。私利私欲のためだ。話題の外交官のその後ならPVを稼げるだろうし、そうなれば契約を更新できる。

ふと、就職活動時の憧れが胸をよぎった。当時読んだ小説の影響もあり、正義の記者になる、なんてライターとの区別もつかずに思ったものだった。

「……来週土曜日の十一時、この駅で。来てくれたら、そのときは名前を教える」

彼は相変わらず口元に笑みを刻んでいたが、どこか張りつめて見えた。


翌週、朱鳥は出社した。普段はリモートだが、最近は頑張っているアピールのために出社している。

有名週刊誌と違い、芸能人にはりついて取材をする余裕がない会社だ。

ネットやテレビの情報を元に書く記事が多く、取材らしい取材をしない。それらしく書いて読者にウケればいい。

朱鳥はそれが、ずるをしているようで嫌だった。

外交官の幼女誘拐事件を検索して確認する。やはりこの前の彼に似ている。

イケメンすぎてファンクラブができており、イケメン無罪、と煽るコメントがあった。女はイケメンならなんでも許すと思われているようで腹立たしい。

あのときの動画を編集長に見せたらなんて言うだろう。よくやった。それとも、もっと面白いもの撮ってこい？

しかしやはり、迷子を保護した彼の印象と誘拐犯のイメージが結び付かない。

うーん、と画面の前で考え込み、ふと気がついた。

彼がもし無罪だとしたら。それを自分が証明したら。

いっきに鼓動が速くなった。

これこそ求めていたものではないのか。真実を追い、言葉で誰かを救う。それができたら。

「今さら外交官の記事？」

振り向くと航平がいた。隣には凛子がいる。

「あなたには関係ないです」

「女ってイケメンが好きだよな」

「もちろん《クラロ》、当然ですよ」

くすくすと凛子が笑う。彼女はときおり外国語が混じる。

「男性だって美人が好きでしょ」

朱鳥は仏頂面で答える。

「それでも犯罪者じゃなあ？」

バカにしたように笑う航平に、朱鳥はむっとした。

当時、航平は便乗した記事をたくさん書いていた。『外交官の裏の顔』などと題し、パーティー三昧、税金で贅沢しているなどとろくに取材もせずに適当に書いてPVを稼ぎ、勝則に褒められていた。

そんな記事を平気で書く人に言われたくない。

今に見てなさいよ。すごい記事を書いてあっと言わせてやるんだから。

論より証拠《キス》

土曜日、約束の五分前に駅についた朱鳥は周囲を見回した。

彼は背が高くて人目を引くからすぐに見つけられた。カジュアルな服装が彼の魅力を引き立てている。

前髪を切ったらしくさっぱりしていて、先週はしていなかった眼鏡をかけていた。やはり顔を見られたくないのだろうか。気づいていることを悟られないようにしなくては。

ざっと自分の服を見回す。お気に入りのワンピースに二の腕を隠すカーディガン。メイクは流行を調べて練習したし、バッグの中にはペン型カメラ。

準備万端だ。よし、と気合を入れて行くと、静かな笑みを浮かべた彼に迎えられた。それだけで朱鳥の心臓が跳ねる。

これはときめきじゃない、ターゲットに近づいた緊張だから、と自分に必死に言い聞かせた。

「かわいいな」

また心臓が跳ねて、ぎこちなく笑顔を返す。

「ありがとうございます。――約束ですから名前を教えてください」

微塵も動揺を見せない彼とまっすぐに視線がぶつかった。

「……恭匡《やすまさ》。今はそれだけで」

「恭匡さん」

朱鳥の声が緊張をはらむ。くだんの外交官と同じ名だ。

「どうして今日は眼鏡を？」

「似合わないか？」

「似合ってます」

正直、眼鏡姿も魅力的だ。剣呑な目つきがやわらいで知的な雰囲気が増し、カジュアルさとのギャップで妙な色気がある。

駅ビルの手頃な店でランチを済ませ、水族館に行った。

出迎えるのは見上げるほどの大水槽にたくさんの魚たち。幻想的に差し込む光に、サンゴ礁にカラフルな小魚、大きなエイやうつぼ。ごたまぜに泳ぐさまは人の世界にも似ている。

「こんなにいてもぶつからないんですよね」

水槽にはりついて眺める。この瞬間、特ダネなんて頭から消えていた。

魚が泳いでいるだけなのに、どうして水族館は人をひきつけるのだろう。

自分ももちろん、ひきつけられるひとりだ。

「この水槽は人の罪かもしれないな」

振り返ると、彼は無表情だった。

「捕まえて閉じ込めて、それでも魚だから罪に問われない。人なら罪なのに」

核心に触れることを言われ、朱鳥は口を引き結ぶ。

どういうつもりで言ったのだろう。

水槽を背にした彼は逆光を背負い、表情に翳りがあった。

背後には閉じ込められた魚たち。人工の海とは知らず、彼らは生きている。

「魚が好きなのか?」

何もなかったかのように聞かれ、朱鳥は戸惑う。

「見るのは好きですけど、食べるのは嫌いです」

「夜はお肉のおいしいところにしよう」

彼の顔に静かな笑みが戻った。が、そのときなぜか急に、彼との間に壁を感じた。

さながらそれはガラスの壁。冷たく硬質で、他者の侵入を許さない。

「次、行こうか」

自然に手を繋がれ、朱鳥はどきっとして壁のことなど吹き飛んでしまった。

彼が皮肉なことを口にしたのは最初だけで、その後は普通のカップルのように魚を見て感心したりジョークを言い合ったりして笑った。

ペンギンコーナーでは、かわいくて何枚も写真を撮った。

「ペンギンって決まったパートナーとずっと一緒にいるんですよ」

言ってから、しまった、と思った。男性は女性が自分より上だと思えることを嫌がるはずだから、こんな豆知識を披露したら不快になるだろう。

「おしどり夫婦なんだな」

「本当のおしどりは季節ごとにパートナーが違うんですよ」

ついまた言ってしまった。

「物知りだな」

恭匡の称賛に、胸が高鳴る。

航平は朱鳥が自分より知識があるとわかると機嫌が悪くなった。「この会社にはそんなの必要ない。無駄知識」などと言われ、それまでの努力を切り捨てられたようでへこんだ。

だが、恭匡は違う。

胸を押さえて展示室に目をやると、ペンギンがよちよちと不安定に歩いていた。

水族館の鑑賞を終えたあと、恭匡の誘いで公園に向かった。

晴れた空の下、青々とした芝生の広場がある。その奥に緑の繁る桜の木があり、幼稚園児くらいの男の子が器用に登っていた。

「子どもって元気」

思わずつぶやきが漏れる。

朱鳥の目線を追った恭匡は、ハッと息を呑んだ。

「ちょっと待っててくれ」

言い置いて、彼は駆け出す。

「どうしたんですか？」

朱鳥は慌てて後を追うが、恭匡の足は早い。芝生の上はパンプスの朱鳥には走りにくくてどんどん距離が開く。

「ママー、見て見てー！」

子どもが声をあげ、少し離れた場所にいた母親がぎょっとするのが見えた。彼女はベビーカーの赤ん坊に気を取られ、彼の木登りに気づいていなかったらしい。

「りく！　危ないから降りなさい！」

「大丈夫！」

男の子はさらに登ろうと細い枝を掴む。グッと力を込めた瞬間、枝が折れてバランスを崩した。

「あっ！」

「りく！」

朱鳥と母親の叫びが交錯する。

少年は驚いた顔のまま、声もなく落下していく。

その下では間一髪で間に合った恭匡が手を広げており、あやまたず少年を抱き留めた。

「良かった……」

追いついた朱鳥はホッと胸を撫で下ろした。

恭匡は彼を地面に降ろして、目線を合わせた。

男の子は何が起きたのかわからない様子できょとんとしている。

「泣かなかったな、偉いぞ」

恭匡が褒めると男の子はパアッと顔を輝かせた。

「挑戦したい気持ちはわかるが、危ないからもう登るなよ」

「わかった！」

少年は元気に返事をする。

朱鳥は驚いた。登る姿を一瞬見ただけで行動に移せるなんて。

恭匡の優しげな笑みが、ただただ眩しい。

「りく！」

駆け寄った母親は両膝をつき、安堵で顔をくしゃくしゃにして男の子を抱きしめて
恭匡に頭を下げた。

「ありがとうございます、あなたは命の恩人です」

感涙をこぼす母親は、正面から恭匡を見て顔を強張らせた。

「ゆうか……！」

誘拐犯。そう言いかけたのがわかり、朱鳥はうろたえる。

母親は再度頭を下げると、男の子の手を引き、ベビーカーを押して足早に去って
いった。

恭匡は口の端に皮肉な笑みを浮かべて立ち上がった。

その姿に朱鳥は胸を締め付けられる。どうしよう、と視線をさまよわせるとアイス

クリームのキッチンカーが見えた。

「走ったら疲れました。おごりますから一緒にアイス食べましょう!」

朱鳥の勢いに恭匡は目をまたたかせ、それからフッと笑う。

「……では遠慮なく」

その姿に彼の透明な壁が崩れたように思えて朱鳥の胸がきゅんと鳴った。

でもこれはきっと希望的観測にすぎない。だから勘違いしちゃダメだ。

淡い期待を振り払うように、朱鳥はキッチンカーへ足早に向かう。

アイスを買うと、ふたりはベンチに並んで座った。

「マンボウってフグの仲間なんですよ。あの巨体で」

沈黙の時間を作りたくなくて、朱鳥は頭の隅から記憶を引っ張り出す。

「フグ、ということは食べられる?」

「そうですよ。刺身とか唐揚げとか。魚は嫌いですけど、興味があります」

「苦手な人でも食べられる魚料理か……難しいな」

朱鳥の気持ちなど知りもせず恭匡が言う。その思案顔すら魅力的だ。

アイスをスプーンですくって口に入れると、ひんやりした甘みが口の中いっぱいに広がった。

「私、このとろけた部分が好きなんです。すごくおいしく感じません？」

「たしかに」

彼もアイスをすくって食べる。

夕方のぬるい風がふたりの間を通り過ぎ、遠くで子どもが笑い声をあげて走っていくのが見えた。

事件に関することは何も聞けていないし、報道記者のような取材テクニックは持ち合わせていない。溶けていくアイスに時間の経過を感じ、朱鳥の気持ちは焦るばかりだ。

「君、気づいてるだろ」

「なんですか？」

どきっとしてとぼける。が、彼には通用しなかった。

「俺が誰かわかっていて近づいた。そうだな？」

「誰って、誰？」

「劔地《けんち》恭匡」

フルネームを言われ、またどきりとした。

やはりあの外交官だ。今は外務公務員と言うべきだろうか。

「その顔は、そうだな」

冷ややかな笑みを浮かべ、朱鳥を射るように見下ろす。崩れたと思った壁は以前より高く分厚くなった気がした。

「何が目的だ？」

朱鳥は目をそらした。何をどう話すべきか。彼には自分こそ不審人物だろう。沈黙がおり、朱鳥はなおさら焦る。何かを言わないと。だけど何を。

空転する思考に大きく息を吐き、覚悟のないままに彼を見た。

「本当のことを教えてください」

朱鳥の声は震え、手も震えていた。

「私にはあなたが誘拐をするとは思えません。実際は何があったんですか？」

恭匡の顔から表情が消えた。見つめ返す目からは内心が読み取れない。

「どうしてそう思うんだ？」

「どうしてって……」

今、目の前で子どもを助けるのを見た。以前は迷子を助けた。そんな人が誘拐をするとは思えない。

そう言えばいいのに、言葉にできなかった。

そもそも彼に近づいた動機はスクープを手に入れて契約を更新したいという私利だ。

彼のまっすぐで強い瞳に、自分の後ろ暗さまで見透かされそうだ。

だけど黙っていてはますます不審がられてしまう。早く何かを言わないと。

焦る朱鳥の口から自分でも思いがけない言葉が出た。

「好き、なんです」

直後、口を押さえた。

なんてことを言ってしまったんだ。

恭匡は再び皮肉な笑みを浮かべた。

「じゃあ俺と付き合うか」

「え？」

朱鳥は目をしばたたいた。

「好きなんだろ？」

「……はい」

「じゃ、OKだよな」

「……はい」

目をそらした朱鳥の頬に彼の手が伸びた。撫でるようにして顎に手をやり、朱鳥の顔を上向かせる。

キスされる⁉

とっさによけるが、恭匡はまた手を伸ばす。

「恋人なら、いいだろ？」

朱鳥は言葉につまり、結局、彼に顔を向けてぎゅっと瞼を閉じた。

だが、いつまでたっても唇に何かが触れる様子はない。

目を開けると、変わらず射るような眼差しがあった。

疑われている。悟ったものの、どんな言葉なら彼の信用を得られるのかわからない。

朱鳥は半ばやけになって彼の後頭部に両手を伸ばす。

引き下ろすようにして彼の唇に自分のそれを押し付け、目を閉じた。

重ねただけだが、すぐに離れると彼が信じてくれないかもしれず、離れられない。

彼のほうから離れてくれたときにはホッとした。

窺うように見ると表情のない彼がいて、朱鳥はいたたまれなくてうつむく。

すると彼は再び朱鳥の顎先を指で持ち上げ、乱暴に深く口づける。荒々しい口づけに、なぜか悲しみの気配を感じた。

朱鳥は手を恭匡の背に伸ばす。彼の悲しみが少しでも癒えればいい。そう思いながら手に力を込めた。

長いキスの後、朱鳥は潤んだ瞳を彼に向ける。

「信じてくれた？」

「……そうだな」

恭匡はまた皮肉な笑みを浮かべた。

「また会ってくれる？」

「当然だろ」

彼に抱きしめられ、朱鳥の視界いっぱいに彼の胸が広がる。

だから気がつかなかった。

彼の目が、暗く鋭く光ったことに。

動画は巡る糸車

月曜日、朱鳥は会社のデスクでぼうっとしていた。

思い出すのは、恭匡の皮肉をにじませた笑顔。

キスしちゃった。

深く深くため息をつく。

好きになっちゃいけない。

そう思うのに、ことあるごとに彼が浮かび、胸を揺さぶられる。

まさか、こんなことになるなんて。

自分はもう、彼を好きだ。告白でごまかした、あのときにはきっともう好きだった。

連絡先はキスの後に交換し、その晩すぐにメッセージをもらった。

帰宅を確認されたから、着きました、と返すと『よかった。おやすみ』と返事が来た。ただそれだけの言葉にきゅんとした。

彼は告白が偽装だと気づいているようだった。結果として恋をしているのは真実だが彼がそれを知るわけもなく、なのに付き合おうだなんて、どういうつもりだろう。

彼はこのまま心を許してくれないかもしれず、ならば報われない恋だ。こんな恋人ごっこ、いつまで続くかわからない。

きっと今なら引き返せる。これ以上は好きにならないようにしないと。

そう思うのに、彼のことが頭から離れない。

あの悲痛な気配は誘拐疑惑のせいなのか。冤罪なら彼はずっと傷ついてきたはずだ。真相を見つけて公表すれば彼の救いになるだろうか。だが、公に弁明していないのは理由があるのだろう。自分が暴いていいのだろうか。

自分の過去記事のPVを確認し、朱鳥は頭を抱えた。

社内のライターの中では断トツのドベだ。見向きもされない文章しか書けない、こんな自分が彼を救いたいなんて傲慢ではないのか。

真実を追うなんて思った熱は冷え切っていた。意気地なし、と自分を罵ったところで度胸が生まれるわけもない。

それでも、たとえ小さな一歩でも、進まなくては始まらない。

朱鳥はぎゅっと唇を結び、ネットでエカルダルを検索した。

南アメリカ大陸の北西に位置する小国。人口は五百万人強で主要言語はスペイン語。半大統領制で、大統領と首相がいる。マフィアが幅をきかせ、麻薬、人身売買、強盗など犯罪がはびこっている。

　最近は日本人ボランティアの協力で『救助隊《レスカーテ》ＥＪ』を名乗る民間組織ができ、犯罪被害者の救済に動いているという。これらは以前調べたときと変わらない。

　新情報を求めて誘拐疑惑を調べると、関連記事に気になるものがあった。エカルダルでは警察組織が腐敗しており、証言や証拠の偽造による冤罪が多発しているという。

　やはり彼も冤罪なのでは？

　だが、それなら沈黙する理由がわからない。

　どうしてだか恭匡は恋人ごっこを続ける気らしく、次の土曜日にも会いたいと言われて朱鳥は出かけた。

　待ち合わせた駅にＴシャツにジーンズで行くと、彼も似た服装で眼鏡をかけていた。

「おそろいみたいでいいな」

「そうですか？」

　朱鳥はどぎまぎと胸に手を当てる。

「恋人なんだから敬語はやめてくれ」

「わかりました。――あ」

「敬語を使うたびにキスするか」

彼の手が朱鳥の頬に伸びた。

「やめてください」

慌てる朱鳥にフッと笑い、恭匡は彼女の長い髪を撫でて手を引く。

からかわれた、とムッとする朱鳥に彼の目が弧を描く。

「今日はどこへ行こうか」

行く先は当日の気分で決めよう、と事前に話していた。

「映画館とかプラネタリウムとか？」

「積極的だな。暗いところばかり」

「違います！」

朱鳥は両手と一緒に首を振る。

「きっと楽しいって思っただけです」

言い訳する朱鳥の肩を、恭匡はすっと抱き寄せる。

ふいうちに胸がどきんと大きく鳴った。Tシャツ越しに彼のぬくもりが伝わり、鼓動が収まりそうもない。

「人目を気にしてくれたんだろうが、君とならどこでもいい」

耳元でくすぐるように告げられ、ダメだ、と朱鳥は頬を染めてうつむく。

こんなに甘くささやかれたら耐えられない。引き返そうとする恋心を、いっきに彼に引っ張られる。心の綱引きは彼が圧勝だ。

ふたりで映画を見てからカフェに入り、人目につかない奥の席に座る。

「シャインマスカットのケーキ……でもチョコレートケーキも捨てがたい」

「両方頼んでシェアするか」

恭匡の提案に朱鳥は目をきらめかせ、それからハッとした。

「そんな、悪いです」

子どもっぽい自分が恥ずかしくて、朱鳥はメニューで顔を隠す。

そっと覗くと彼の楽し気な目があって、彼女はまたメニューに隠れた。

結局、ケーキセットをふたつ、セットドリンクはアイスコーヒーを頼んだ。

そうして映画の感想を言い合う。

最初は無難な内容を話していたのに、いつしか朱鳥は夢中になって語っていた。

「あのシーンよかった。彼が命がけで助けにくるところ」

朱鳥がご機嫌で言うと、恭匡は皮肉な笑みを浮かべる。

「現実的じゃないな。さっさと警察を呼べば早く解決した。ストーリーを盛り上げるための展開なら制作側が未熟だ」

「現実と虚構を一緒にされても」

「虚構を支えるのは現実だぞ？」

笑うように言われ、朱鳥はすねて横を向く。

「夢がない」

「悪かった。だが、すねる君もかわいいな」

柔らかな眼差しに、朱鳥は動揺した。

彼は本当はどう思っているのだろう。朱鳥が告白したから簡単に手に入ると思ったのだろうか。遊ばれて捨てられる未来が待つのだろうか。

違う。彼はそんな人じゃない。

だけど、それならどうして私と付き合うなんて？

店員がケーキセットを持ってきた。朱鳥がシャインマスカットのケーキで、彼がチョコレートケーキだ。

朱鳥が目を輝かせてスマホを構えると、恭匡は苦笑して待ってくれた。

撮影が終わると、彼はフォークでケーキをすくって朱鳥に差し出す。

「口を開けて」

「え？　でも」

「ほら、早く」

笑みに色気が漂い、朱鳥はどきどきしながら口を開けた。彼の動きに合わせて口を閉じると、唇をなぞるようにゆるりとフォークが引かれる。彼の手で触れられたかのようで、背筋が甘く震えた。

「おいしいのわかったから、もういい」

朱鳥は自分の前に置かれたケーキの皿を彼のほうへ押した。

「どうぞ」

「今度は君の番だろ」

挑戦的に見つめられ、仕方なくケーキをフォークですくい、差し出す。

彼は優雅に食べ、朱鳥を見つめて唇をぺろりとなめる。妙に官能的で、朱鳥は頬を染めて目をそらした。

恭匡はさりげなく車道側を歩いてくれたし、段差につまずいたときは抱き留めてくれて、心臓が爆発するかと思った。

朱鳥のことだけではない。迷わず人助けができる人だ。欲目を差し引いても、やはり彼が罪を犯すようには思えない。

「聞いてもいい？」

「答えられることなら」

静かに微笑する彼に、朱鳥は迷った。

直球で聞くのはためらわれ、別のことを口にする。

「外交官ってどんな仕事？」

「相手国に日本をわかってもらう仕事……だけど知りたいのはそうじゃないよな？」

「漠然としすぎたね。質問変える。やっぱりみんな英語は話せる？」

「当然だな」

「他の外国語も？」

「そういう人が多いな。俺はスペイン語を勉強した」

「どうして？」

「修学旅行で行ったスペインが楽しかったし、スペイン語は中国語に次いで母語にしている人が多い。資料によって前後するが、外交で主に使う英語は三番目だ」

「二番目がスペイン語なのが意外」

「大航海時代の名残だよ。あちこち征服してたからな。南米が多いからスペイン語なんて勉強してもって言われることもあった」

「南米はダメなの？」

「一般論として答えるが、人気、不人気の国がある。開発途上国なんて、ちょくちょく停電や断水があって不便なんだ。インフラが不十分なら外交官の家でも平等に停電する。あと、国を問わず在外邦人には文句言われがちだ」

彼がおどけて言うから、思わず噴き出した。

「苦労してるのね」

「毎日パーティーしてるわけじゃない……ってまた夢がないって怒られるのかな？」

「そこまで能天気じゃないよ。大変そうなイメージはあったし」

「やることが多い上、世界のスピードに合わせなきゃいけないし、即断即決。間違ってはいけない。大変だけどやりがいもあった。他国の友人が増えるのも楽しいしな」

恭匡は懐かしそうに目を細めた。出会った人たちを思い出しているのだろうか。ライターとして生活できるかどうかキリキリしている自分とは、スケールの違う世界で生きている。

「君のことも聞きたいな」

言われて、びくっと震えた。

「私なんて大したことないから」

「恋人のことを知りたいのは当然だろ？」

甘く見つめられ、朱鳥は罪悪感で目をそらす。

事務の仕事を記憶から掘り起こし、ワードとエクセルで資料を作ったり電話を受けたり、そんな内容を話した。

「帰ったら動物ニュースを見るのが癒やしだったの」

だから、副業でライターをしていたときにも動物ニュースを書いた。自分が癒やされたように、誰かを癒やしたかった。

「動物を癒やしの対象として見たことはなかったな」

「かわいかったり面白かったり、見てて飽きないよ」

朱鳥はケーキを頬張った。クリームの幸せな甘さにひたろうとしたのだが。

「そうか……俺は君といるほうが楽しいけどな」

さらりと言う彼に動揺し、むせて咳き込んだ。

「大丈夫か」

「大丈夫」

驚いた恭匡に答え、急いでコーヒーを飲む。

どうして彼はこんなことを平気で言えるんだろう。外国の人と接してきた結果なのだろうか。

恭匡と過ごす時間はあっという間に過ぎた。駅まで送ってもらってもそのまま改札をくぐることができず、立ち止まってしまう。

「今日は楽しかった。ありがとう」

「俺もだ」

それきり、言葉が途切れる。

ふたりの隙間を埋めるように彼のスマホが鳴った。

悪い、と断って彼は少し離れて電話に出る。英語で話す様子に、外交官っぽい、とぼんやり思った。

「お待たせ」

通話を終えて戻った恭匡は唐突に朱鳥を抱き寄せ、額に軽く唇を寄せる。

キスされた、と気づいたときにはもう離れている。

驚きすぎて声もなく抗議の目を向けると、彼がフッと微笑した。

「帰したくなくなるな」

朱鳥は顔をひきつらせた。

「その顔ではまだ無理かな。また誘うよ」

「さ、誘うって」

「デートのことだよ。やらしいこと考えたのか？」

「違うから！」

慌てる朱鳥に、彼は目を細める。

「今日は君から敬語がとれた。それで満足だ」

優しげな笑みに、朱鳥の胸が切なく痛む。

帰したくなくなるなんて。本気で言われたら自分はどう答えただろう。

「私……」

朱鳥は言い淀む。恭匡の変わらず優しい眼差しに胸がつきんと痛んで、バッグの紐をぎゅっと握りしめた。

「私、やっぱり本当のことが知りたい」

恭匡の顔から表情が消えた。

「あなたが誘拐なんて信じられない。ネットで調べたけど、はっきりした証拠を出してる記事はなかった。証言者がいるらしいけど、エカルダルは証言の買収がよくあるっていうから」

迷うように口を開いた彼は、だが、朱鳥の後ろを見てハッと口をつぐむ。

ややあって、彼は言った。

「……今日はもう遅い。帰ったほうがいい」

冷めた声に明らかな拒絶があり、朱鳥はきゅっと目を細めた。

言葉だけでは彼に届かない。落胆に肩を落とし、朱鳥は改札をくぐった。


月曜はまた憂鬱に出勤した。

「もっと刺激的なもん書けっつってんだろ！」

勝則は今日も不機嫌に怒鳴り散らしている。

売上が伸びていないのだ。競合が多いから、生き残るにはパッと目を引く記事が必要だ。

バッグからペン型カメラを出してパソコンに繋げ、動画を見る。何度見ても恭匡は優しい人にしか見えない。

「お前が撮ったのか？」

動画を消して振り返ると、航平が画面を覗き込んでいた。

見られてしまった。彼があの外交官だと気づかれただろうか。

「テスト撮影しただけ」

平静を装って答える。

「ふうん」

航平は生返事をして席に戻った。が、彼の信じてなさそうな目が気になって仕方がない。

だから、いつもはペンとして使っているペン型カメラはバッグに入れて、そのままにしておいた。

衝撃を受けたのは翌日だった。

出社したら珍しく早く出勤した勝則がご機嫌で、得意げな航平の周りに人が集まっている。

「おはようございます。何かあったんですか?」

「おはよ《ブエノスディアス》。川俣さんがいいネタ仕入れたんですって。もうサイトにアップされてて、閲覧数が急上してるみたい」

尋ねる朱鳥に凛子があいそよく答えた。

「そうなんだ、ありがと」

編集長があんなに上機嫌になるなんて、どんな記事だろう。

席に着いてパソコンを立ち上げ、自社サイトを見て驚愕した。

『変態外交官、日本でも誘拐か⁉』

タイトルの下に、恭匡が迷子に声をかける動画があった。

泣き喚く少女を無理やり抱き上げる様子が流れ、そこで切れた。最後に『不審に思った記者が声をかけ、少女は解放された』と説明が入っている。

航平の名がクレジットされ、朱鳥の名前はない。

コメント欄は恭匡への罵詈雑言があふれ、航平は少女を救った英雄扱いだった。

朱鳥はカッとなって席を立ち、航平につかつかと近寄る。

「どろぼう！　嘘つき！　事実をゆがめるなんて最低！」

「事実なんていくらでも作れるんだよ。大衆は真実なんてどうでもいい。日頃のウサをはらせればいいんだ」

「そんなの、情報発信者のすることじゃない！」

勝ち誇る航平に、朱鳥は噛みつくように叫んだ。

「手柄を取られたからってつっかかるなよ。ネタは自衛するのが基本だろ。自分の管理の甘さを反省しろ」

勝則に言われ、その通りだ、と朱鳥は歯噛みする。

航平がそこまでするとは思っていなかったし、データが入ったものをバッグに入れて守ったつもりの自分が悪い。お手洗いなどで離席したときに盗まれたのだろう。

だが、反省だけではすまされない。自分のせいで恭匡が攻撃されている。
席に戻ってスマホを取り出すと、恭匡からメッセージが来ていた。
【動画を見たよ。油断した。君は優秀なスパイだな】
彼の皮肉な笑みが見えるかのようだった。
違うのに。
スマホを抱き込んで、机につっぷす。
違うのに。どうしたらいいの。
胸は裂かれるように痛いのに、涙も出ない。
違うの、聞いて。
手が震えて、彼へのメッセージは一文字も打てない。
どう釈明しても撮影したのは朱鳥だし、自分の不注意で彼が窮地に陥っている。
外務省での立場はただでさえ厳しいだろうに、これが追い打ちになるかもしれない。
とにかくなんとかしなくては。
震える手でフリーメールを作成し、動画のアカウントをとる。
【誘拐の決定的な証拠じゃなくない？】
コメントを書くと、反応はすぐに来た。

【同類乙】

【本人乙】

【やべえやつ来た】

あとは見たくもない誹謗中傷の嵐だった。

【この人は迷子を保護しただけだよ】

何度も流れを変えようと挑戦したが、すべて無駄だった。

この人たちは。

朱鳥は絶望とともに画面を消した。

見たいものだけを見て悪意をぶつける対象を求めているだけだ。どんな言葉も届かない。

夜遅く帰った朱鳥はすぐにテレビをつけた。

動画はニュースでも報道されていて、断定こそしていないが誘拐の印象しか持てない作りだった。

『外務省には問い合わせが殺到しています。アメリカなど海外でも話題になっており、エカルダル共和国ではトップニュースになりました』

朱鳥は陰鬱にニュースを見る。

『撮影者が早く助けなかったことに批判がありますが、どうでしょう』

アナウンサーが水を向けるとコメンテーターが答える。

『危害を受ける可能性がありますから。難しい場合は警察に通報してください』

違うのに。

朱鳥はスマホでテレビ局のサイトにアクセスし、ご意見・ご感想の欄をタップした。

【外交官が誘拐するような動画ですが、あれは迷子の保護です。彼は駅前の交番に連れて行きました】

駅の名前も書き添え、主要テレビ局のすべてのサイトで投稿した。

テレビ局が警察に取材をしてくれないだろうか。

だけどおいしいネタだと思わなければ動かないはずだ。あれは誤解でした、それは報道に値するのか否か。

あのお母さんが名乗り出てくれれば。名前は何と言ったか。

翌日は出社せず、駅ビルの四十階のカフェに行って店長に会った。

「会員の古倉美幸さんの連絡先を教えてもらえませんか?」

動画を見直したおかげで名前がわかったが、彼を窮地に陥れた動画が役立つなんて皮肉だった。

だが、店長は断固として教えてくれず、朱鳥は仕方なく伝言を頼んだ。彼女の娘を助けた人が誘拐犯だと誤解されて騒がれている、テレビ局に名乗り出てくれたらきっとすぐ収まるからお願いします、と。

望みは薄かった。伝えてくれるとは限らない。

迷子を届けた交番にも相談に行ったが、本人でないと、と言われただけだった。

言葉に熱意を込めてもなんにもならない。

絶望にうちひしがれてとぼとぼと歩く。

気がつけば外務省の前まできていた。

いつのまに電車に乗ったのか記憶がなかった。古びたビルとともに暮れる日を浴びながらスマホを取り出す。

【あのときの保護者を探したけどダメだった。警察に行ったら本人でないとって言われて……。動画のことは名誉棄損で被害届を出すべきだと思う】

そう送ってから、続けてメッセージを送信した。

【外務省の前まで来てるの。会って話したい】

意外にもすぐに返信がきた。

【悪事を告発できてよかったな。俺は仕事を辞めるよ】

「そんな」

思わず声が出ていた。

やりがいがあった、と楽しそうだった彼。仕事が好きなのだろう。

彼を救いたかった。

なのに、よりによって自分の撮影した動画が窮地に追いやるなんて。

まだひとつだけ。

朱鳥はぎゅっと唇を噛む。

まだひとつだけ、彼の窮地を救う方法がある。あれならきっと。

だがそれは朱鳥の破滅を意味する。

だけど。

自分のせいで誰かが犠牲になるなんて許されるはずがない。それが恭匡なら……愛しい人なら、なおさら。

【ごめんね。動画は私がなんとかする。今までありがとう。本当に好きだった】

震える手で文字を打ち、決意を込めて送った。

急いで帰った朱鳥はノートパソコンにペン型カメラを接続する。

動画を読み込み、切り貼りはせず通行人と迷子と母親にぼかしをかけた。交番に着いて母親に渡すところまでで映像を切る。真実を見てもらうため音声は子どもの名前を消した以外はそのままにした。

会社のサイトにアクセスし、編集長の許可をとらずに動画をアップする。

『誘拐疑惑の真実！　カメラが捉えたあの外交官の真の姿！』とタイトルをつけ、誘拐疑惑動画にもリンクを張り、タグで関連付けをした。

添えるコメントは何度も推敲した。

伝えたいあまりに長文になり、これでは読んでもらえない、と全消去した。心に響く言葉をと思うのに、かっこいい言い回しも感動的な文章も浮かばない。

しょせん自分の能力以上のことなどできやしない。

悔しく思いながら心を込めてキーボードを打ち、事実だけを書いた。

【この動画は私が撮影しました。同僚にデータを盗まれ、悪意ある編集でアップされました。実際には迷子を警察に届けていました。これが真実です】

動画にそう添えて、記名して公開した。

閲覧数が急激に伸びるのを確認したが、コメント欄は怖くて見られなかった。

誘拐疑惑の動画の後に否定の動画をアップするなんて、会社に対するとんでもない裏切りだ。

きっとこの動画も炎上するだろうし、契約更新どころか満了前に打ち切り、損害賠償請求だってありうる。ライターとしては致命的で、もう二度と書く仕事はできないかもしれない。

それでもいい。彼の無実を晴らせるなら。

どうかお願い。

朱鳥はただ祈った。

翌朝、朱鳥がアップした動画は勝則によって削除され、出勤した彼女はみんなの前で叱責された。

「なんてことしてくれたんだ！」

「冤罪を生むのは許されません」

朱鳥の反論に勝則は激高する。

「川俣は『?』をつけてアップしただろうが！」

「世間はそう思ってないです。本人にも迷惑がかかってます」

「あのイケメンに惚れたのか？」

訝し気に言われ、頬がひきつった。

「恩を売って付き合おうってか？　インタビューとってこいよ。今どんな気持ちですか、ってな！」

なんて下衆なことを。

青ざめた朱鳥を見て勝則は鼻で笑う。

「お前は炎上を煽っただけだぞ。大炎上だ」

庇おうとしたのに。

朱鳥は何も言い返せない。

「さっきから抗議の電話がすごいんですけど！　おふたりも出てください！」

凛子の声に、電話の音が何重にも重なった。

「俺は上と今後の方針を話し合う。契約更新はないと思えよ」

「わかってます」

朱鳥は悔しくうつむいた。

削除された動画は見知らぬ誰かがコピーをとっていてネットに上がり続けた。英語版やスペイン語版、検証動画まで作成されて盛り上がり、会社の電話は鳴りやまない。

『ゴシップ誌だからってなんでもありじゃないだろ』

『そば五人前、大至急。あははは！』

『悪人の味方しやがって。火をつけてやる！』

抗議に混じり、いたずら電話も脅迫もある。

何時間も電話を取り続けた朱鳥は、疲労を隠しきれず時計を見た。午後五時、電話が時間外を告げる自動応答に変わるまであと一時間。

「え⁉《アンダ》　本当に《デベルダッ》？」

大きな声に、朱鳥は目を向けた。

凛子が電話を受けながらパソコンを操作している。

「はい、はい……。あ、見れました。……うわお」

様子が今までと違うので気になってしまう。

『あんた、聞いてんのかよ！』

朱鳥の耳に受話器越しの怒声が届く。

「すみません、急用です」

返事を待たず電話を切り、通話を終えた凛子の横に行く。

「何かあったの？」

「これです」

見せられた画面に、朱鳥は目を見はった。

＊＊＊

恭匡は自宅のマンションでデスクに向かっていた。

眼前のノートパソコンには『大炎上！　元外交官の新たな誘拐疑惑の真実は⁉』と書かれたニュース画面があった。関連して『エカルダル大統領、アメリカ訪問』『民間組織、救助隊《レスカーテ》ＥＪがお手柄！　誘拐被害者の救出！』などの記事が表示されている。

恭匡は右上のバツを押して消すと、額に手を当てた。

寮じゃなくてよかった。寮なら報道陣が押し寄せ、周囲に迷惑がかかっただろう。昨今はテレビ局や週刊誌だけではなく、報道きどりの素人配信者もいる。そいつらはなんの配慮もない。

エカルダル共和国での誘拐の真相はまだ公表する時期ではない上、それがいつになるのかもわからない。

事件直後に報告した上司は、俺でも同じことをするよ、と理解してくれた。外務省の判断で恭匡は極秘帰国させられ、かくまわれた。隠れることに忸怩《じくじ》たる思いがあるが、自分だけのことではないのでうかつに動けない。恭匡を狙う組織からの暗殺を避けるために秘密裡に用意されたマンションに住み、仕事はリモートで行った。

帰国してからは人目を避け、久しぶりに外に出たのが迷子に出くわした日だった。

たくさんの大人が行き交っているのに、誰ひとりとして少女の絶望に寄り添おうとしない。

見過ごせずに声をかけたとき、現れたのが朱鳥だ。

名を尋ねる彼女に警戒し、正体を確認しようと誘いに乗った。

だが、拍子抜けだった。彼女は魚に夢中になり、楽しそうに動物のことを語る。気がつけばただデートを楽しんでいた。

誘拐犯と叫ばれそうになったときには心が冷えたが、朱鳥は気づかないふりをしてくれた。

嬉しさが胸に生まれたが、すぐに疑心に塗りつぶされた。やはり何か目的があるのではないのか。

「気づいてるだろ」とかまをかけたら動揺した。だからそれが真実だろうと落胆した。

本当のことを教えてくれと言われても、会ったばかりの彼女を信じられない。水族館で感じた無邪気さが演技でない保証などない。

彼女をさらに探るために交際を了承させた。あの組織と繋がっているなら、逆に彼女を情報源にできるかもしれない。

情欲に流されたふりをしてキスをした。だが、背中にまわった彼女の手が優しくて、すがるような眼差しが恭匡の胸に深く刻まれた。

結局、彼女からはまったく裏を感じなかった。

ケーキに目を輝かせ、彼の言動に一喜一憂する。率直な感情表現は裏を読みあう外交官時代にはなかった新鮮さがあり、失った自身の純粋さまで蘇るかのようだった。

組織を調査している海外の友人に確認し、組織が日本人を雇った形跡はないとの報告を受けた。直後、らしくもなく高揚して彼女の額にキスをした。そんな自分に苦笑を禁じえない。

真実を教えてほしいと再び頼まれたときには信じてもらえた喜びを素直に受け止め、思っていた以上に「誘拐犯」が重荷だったことに気がついた。自分は疑ったのに彼女は信じてくれている、それもまた心に拍車をかけた。

話すべきか迷い、何者かの視線を感じて口をつぐんだ。

視線の主はサラリーマンだったが、恭匡の頭を冷やし、自身の立場を思い出させるには充分だった。

このままでは彼女を巻き込むかもしれない。それは決してあってはならないことだ。迷子を保護したときの動画流出に便乗し、手ひどく彼女を拒絶した。

流出の理由は不明だが、彼女がゴシップ記者に売ったわけではないだろう。守られる自分に歯がゆく思っていたところだ。外務省を辞めたら、一か八か虎穴《エカルダル》に飛び込んでみるか。

窓から外を見やったとき、スマホが鳴った。

表示された名は海外の友人のものだ。あちらは明け方のはずなのに。恭匡は険しい顔で通話に指をスライドさせた。

＊＊＊

朱鳥が凛子に示された画面には、大きな熊のぬいぐるみに隠れて立つ女の子がいた。ほぼ全身が隠れ、長い金茶の髪とピンクのスカートがわずかにはみだしている。

「この動画、アメリカで昨日の夜にアップされたみたいですね。スペイン語、わかります？」

「まったく無理」

「じゃ、通訳しますね」

「わかるの？」

「母がチリ出身で家ではスペイン語なんですよね」

朱鳥たちの話に、何があったのかと同僚たちが集まって来る。

動画を再生すると、熊の手を振ってこんにちは《オラ》と挨拶した少女が話し始めた。凛子がそれを翻訳する。

『こんにちは。今日は本当のことをお話しします。だけどみんなに私を見せるわけにはいかないの。危ないって言われてるから』

いったん言葉が切られ、部屋に一瞬の静寂が降りる。

『私はエカルダルからアメリカに逃げて来たの。なぜかというと私がさらわれかけて犯人を見たから』

いきなり核心に迫り、朱鳥の心臓がどきんと大きく脈打った。

『犯人に命を狙われるかもしれないから、パパとママと一緒にアメリカに来たの。それからずっと隠れてて学校にも行ってないわ』

少女が熊を後ろから抱きしめると、熊はうなだれるように頭を垂らした。

『私がさらわれかけたとき、助けてくれた人がいるの。日本人よ』

朱鳥は息を呑んだ。それはもしかして。

『名前は憶えてないけど、日本の外交官だと言ってたわ』

朱鳥の全身が震えた。

彼のことだ。絶対にそうだ。

だけど、彼はどうしてそれを言わなかったのだろう。公表すれば、世間の風当たりはまったく違っていたのに。

「まさか」

「マジかよ」

同僚たちに動揺が広がる。

『だけど、なぜか彼は誘拐犯だと世界中に思われているの。どうやってみんなに違うって言えばいいか、わからなかった』

女の子の声に悲しみが宿った。

『ママに相談したら、警察が本当に悪い人を捕まえるまで待ちましょうって言うの。いつ?って聞いたら、わからないって。そしたら、あの人が日本で女の子を誘拐しようとしたって言ってる動画を見たの』

朱鳥は顔をしかめた。航平が上げたあの動画のことだろう。

『その後、別の動画も見たの。コメントを翻訳にかけたら、誘拐じゃないって言ってた。これだ、と思ったわ』

声は決意に満ちていて、熊も心なしかきりりとして見えた。

『彼は誘拐してないって言うために私も動画をアップすることにしたの。彼は私を助けてくれたの、犯人じゃないわ』

彼はやっぱり、誘拐なんてしてていなかった。朱鳥の目が潤み、画面がにじんだ。

『私の話は終わり。あのときのお兄さん、助けてくれてありがとう。また会いたいな。アメリカに来てくれたらいいのに』

女の子は不満そうに言い、動画はそこで終わった。

朱鳥はへなへなと床に座り込んだ。

「大丈夫ですか？」

凛子が聞いてくる。

「……ちょっと力が抜けて」

なんていうことだろう。こんな形で彼を庇う人が現れるなんて。

「花青さんが動画に文章を添えたのがよかったんだろうな。翻訳にかけやすかったんだろう」

同僚が感心したようにこぼす。

「これ、すごい勢いで再生回数が伸びてますよ。コメントもすごい。礼儀正しい日本人が誘拐なんてするわけないと思ってた！　日本人すげえ！　だって。この前までバッシングしてたくせに」

どうでもいいことのように凛子が言う。

「花青さんが誘拐の否定動画を出しててよかったな」

同僚が言い、周りが頷きあった。

「そうだ、テレビ！」

部屋にひとつだけあるテレビを凛子がつける。

夕方のニュースが始まっていて、この動画が放送されていた。

『――ということですが、外務省からは正式な発表はありません』

『少女の安全のために外務省は沈黙していたんでしょうか』

『その可能性はありますね』

テレビの中で人々が口々に言い合う。

『急展開ですね。日本での誘拐疑惑については、実は迷子を保護していただけだという動画もあり、テレビ局にも目撃者から連絡がありました。所轄の警察に確認したところ、実際に迷子の保護があったそうです。保護者を名乗る方の連絡もありまして……』

古倉さん、名乗り出てくれたんだ。

朱鳥の胸が熱くなる。

「これ……完全に世間の流れが逆転しますね」

凛子が言い、朱鳥は安堵で顔を覆った。

そのときだった。

『緊急速報です』

アナウンサーの声がにわかに緊張した。

『訪米中のエカルダル大統領がＦＢＩに身柄を拘束されました。人身売買に関わっていた容疑があり、さきほどの少女はその組織に狙われていた、との情報があります』

スタジオがざわつき、アナウンサーは速報を繰り返した。

朱鳥は凛子と顔を見合わせた。

「何が起きてるんでしょう？」

凛子がつぶやく。朱鳥にわかるはずがなく、ただ首を振った。

恋を隠して愛隠さず

彼の疑惑は晴れただろうが、朱鳥はまだ不安だった。

間に合っただろうか。彼は外務省を辞めずに済むだろうか。

テレビで報じられた大統領の拘束も気になった。

やきもきする朱鳥にかまわず会社の電話は鳴り続け、彼に連絡する間もない。

受話器を置いた朱鳥は、しゃべりすぎて痛む喉に手を当てる。目にした時計の針は五時五十分を指していた。

「お前、どういうつもりだ！　俺のスクープが台無しだ！」

響いた怒声に振り返ると、今さら出社してきた航平がいた。寝起きでそのまま来たのか髪には寝ぐせがつき、目が充血していて酒臭い。

「冤罪を作るのは犯罪よ」

朱鳥は思わず手に持ったペン型カメラを握りしめる。フロア中の目が集まっていたが、気にする余裕などない。

「俺のチャンスを潰しやがって」

腕を振り上げる航平に、朱鳥は逃げ場もなく目を閉じて身を固める。

「やめろ！」

「なんだお前！」

声が交差し、朱鳥は目を開けて愕然とした。

なぜ。

疑問が頭を占めて、ただその人を見つめる。

恭匡が息を切らして航平の腕を掴んでいた。なめらかな黒髪が乱れ、鋭い目が航平を射る。

「恭匡さん――！」

直前まで彼はいなかった。目を閉じて開けたら彼がいるなんて。

「彼女を傷つけることは許さない」

「放せ！」

航平は手を振りほどいて殴りかかる。恭匡はその腕を掴み、机にねじ伏せた。

「くそ！　誰か警察を呼べ！　俺は暴力を受けた！」

「先に殴ろうとしたのはあなたじゃない！」

朱鳥は自分の手に握られたペン型カメラを見て、慌てて突き出した。

「これに録画されてるから！　警察が来たら全部見せるから！」

はったりだ。スイッチは入っていない。だが航平はその言葉を信じたようで舌打ちする。

「警察は勘弁してやる、だから放せ」

「断る」

即答する恭匡に航平は驚愕し、朱鳥は息を呑んでふたりを見守る。

「お前にこそ警察が必要だろう。彼女への謝罪すらないとは」

捻り上げた腕に恭匡が力を込めると、航平は痛みに呻いた。

「謝る、謝るから！」

「その上で、金輪際彼女に近づくな」

「わかったよ！」

唸るように航平が言うと、恭匡は力を緩めて彼の姿勢を戻させる。が、掴んだ腕を放さない。

航平は観念したように頭を下げた。

「俺が悪かった」

彼の精一杯の謝罪なのだろうが、声からは無念がにじんでいる。

それでも朱鳥は頷いた。

「わかった」

「いいのか？」

恭匡の問いに、朱鳥はまた頷く。

「許す気はないけど、謝罪は受け止めておくことにする」

彼は社会的制裁を受けることになるだろう。ここで過剰に追い詰める必要はないし、反省したなら行動に現れるはずだ。

「そうか」

恭匡が送る視線の合図で朱鳥は距離を取った。彼は航平の手を離し、朱鳥を守るべく両者の間に体を滑り込ませる。

直後、航平は逃げるようにフロアを出て行った。

「川俣さん、だっさ！」

笑う凛子に、朱鳥は首を傾げる。

「帆見さん……川俣さんと付き合ってるのよね？」

「え⁉」

凛子は心底驚愕したように目を見開いた。

「川俣さんがそう言ってたんだけど」

「違います！　私は付き合って十年の彼氏がいて、最近プロポーズされたんです！」

「じゃ、なんで？」

「まさか、この前食事に行ったから？　私にしか相談できないって言われて仕方なく行ったら、恋人と別れようかと思うって言われて。好きにしたらって答えたんですけど。それが原因？　気持ちわる！　会社辞めよ！」

凛子の勢いに、朱鳥は苦笑した。

「でも、川俣さんの性格からしてもう会社には来ないですよね。あれだけ恥かいて、ネットでも英雄から捏造犯に転落して」

気を取り直し、凛子は言う。ライターが逃げるのはよくあることなので、会社の誰も彼を追わないだろう。

「なんかあったのか？」

割って入った声にそちらを見る。

勝則だった。フロアに戻って来たばかりらしい。彼はじろじろと恭匡を見て、あっと声をあげた。

「あの外交官か！　ちょうどいい、インタビューしろ！」

言われた朱鳥は唖然とした。本人の前で、どういう神経をしているのだろう。

「編集長の指示でも嫌です」

答えながら、とっさにペン型カメラのスイッチを入れた。

「逆らうなら契約を切るぞ！」

「その発言はパワハラに該当する。職務上の優位性を利用し、適性な指導の範囲を超えている」

恭匡は不快そうに眉を寄せた。

「パワハラの証拠、撮りましたから」

朱鳥はペン型カメラをぐいっと勝則に差し出す。

「さすがだ。他にも被害者がいるだろう。証言を広く募り、しかるべき機関に通報するか」

恭匡はにやりと笑って勝則に圧をかける。

「ま、待て！　こんなのコミュニケーションだ、なあ？」

勝則は慌て、媚びるように朱鳥を見た。

「もう誰にもパワハラしないでください。それから私は契約を更新しません。フリーになって動物ほのぼのニュースとかグルメ情報とか書きます」

「あ、ああ、そうか」

勝則は逃げるようにそそくさとデスクに戻る。

朱鳥は恭匡と顔を合わせ、目だけで笑いあった。

「花青さんは外で彼を取材して直帰がよさそうですね。つもる話もありそうだし？」

凛子が茶目っ気を含ませて言う。

「でも電話が」

「自動応答に切り替わりましたよ」

「ありがとう」

朱鳥は頭を下げた。凛子の心遣いが嬉しい。

「今度遊びに行きましょうよ。私たち仲良くなれそう！」

凛子の提案に、朱鳥は笑顔で頷いた。

恭匡とともにビルを出ると、まだ日が高くて不思議な気持ちになった。いつもここを出るときは疲れ果て、空は真っ暗だ。

だが今は爽快に高揚している。騒動のせいか、それとも。

朱鳥が隣を見ると、彼は眩しそうに空を眺めていた。が、ふいに朱鳥を見て真顔になる。

「君に、本当のことを話したい」

「教えてくれるの？」

頷く恭匡に、自然に顔がほころんだ。

「話ができるところへ移動しよう」

拾ったタクシーに乗り込み、恭匡は場所を告げる。都会を抜けて橋を渡り、海に囲まれたビルに着いた。

恭匡にエスコートされて中に入り、エレベーターで地下へ降りる。

知らない間に予約を入れていたらしく、係員に名を告げると個室へと案内された。

扉を開けた瞬間、朱鳥は声をあげた。

「海⁉」

個室は全面ガラス張りのドームになっており、まるで海中だった。

歩み寄って覗くと岩の間に海藻がたゆたい、小魚が走るように泳ぎ去る。

「最近オープンした海底レストランだ」

「すごい……！」

喜んで振り返ると、恭匡の視線に甘さを感じて朱鳥は動揺した。

「な、何？」

「かわいいなと思っただけだ」

もじもじする朱鳥にフッと笑い、恭匡は表情を改めて頭を下げる。

「俺は君を傷つけた。すまなかった」

朱鳥は驚き、だが、すぐにあのメッセージのことだと気づく。

朱鳥も頭を下げた。

「私こそごめんなさい。データの管理が甘くてあの映像を使われました。事務員も嘘です。本当にごめんなさい」

「いいんだ」

「そんなあっさり」

頭を上げると、慈愛に満ちた彼の微笑があった。

「君は俺を守ろうとした。炎上中の告発への反論を実名でアップなんて、相当な勇気と覚悟が必要なはずだ」

わかってもらえた喜びに、思いがけず朱鳥の目が潤んだ。

「君は記者？」

「契約のライター。文章で生きていくのが夢だったの。でもあの会社は合わないってつくづく思ったわ」

「君にはああいうゴシップの会社は合わないだろうな」

　苦笑する恭匡に、朱鳥は切り出す。

「誘拐、本当は違うよね。どうして隠したの？」

「ＦＢＩと外務省の判断だ」

「ＦＢＩ⁉」

「俺はエカルダルの外務大臣と親交があったが、あるとき彼に相談された。大統領がマフィアと組んで子どもの人身売買をしている、と」

「大統領が……」

　朱鳥はぞっとした。

「疑心暗鬼になった彼は国内の誰にも言えなかったらしい。俺はＦＢＩの友人に連絡した。取引経路はアメリカにもあり、だからＦＢＩも捜査していたからな。エカルダルの首相ともコンタクトを取った。彼は清廉で信頼できる。国際刑事警察機構《インターポール》にも協力要請した」

　人脈の広さに、朱鳥は絶句した。

「こちらの動きに気づいた大統領は、人質にするため大臣の娘の拉致を計画した。口止めで暗殺するより脅して利用しようとしたようだ。拉致されかけた彼女を助けた俺は大統領によって誘拐犯にされた。が、捜査への支障を考え、真相は秘匿された」

店員の入室で恭匡は言葉を切り、朱鳥を促して席に着く。

運ばれた食前酒は海がモチーフのスパークリング日本酒で、さっぱりして夏にぴったりだった。

給仕の退室後、彼は続ける。

「暗殺の危険があるため俺は帰国命令を受けた。彼女たちはアメリカに亡命し、捜査に協力した。俺も、と言いたいが日本にいては無力でね。人身売買に対抗する民間組織をエカルダルに作った」

「できるものなの⁉」

「サイトを作って被害者家族とも連携して情報を集め、現地の協力者も作った。誘拐された本人から要請を受けて救出できたときはホッとしたよ」

「もしかして『救助隊《レスカーテ》ＥＪ』？」

「よく知ってるな」

「調べたから」

彼の行動力に朱鳥は感心した。

「国際刑事裁判所に逮捕状を請求していたそうだが、今回、予定外に大統領を拘束したのは少女が動画を上げたからだ。居場所を特定される前に急遽ＦＢＩが動いた」

「そうだったのね」

「大統領には外国刑事管轄機構からの免除がある。外国の警察に捕まらない特権だ。だからあの少女一家を別のセーフハウスに移動させ次第、釈放、送還される。が、今ではエカルダルでも指名手配済だ、帰国後は逮捕だろう」

「警察、信用して大丈夫なの？」

「首相じきじきに人選した。あちらでは同時進行でマフィアに警察が突入している。裏ではＣＩＡも絡んでるだろうな。大統領が失脚して親米政権を作れたらアメリカにメリットがある」

今度はＣＩＡ。非日常的な単語の連続に朱鳥はくらくらした。

「すべてのきっかけは君の動画だ。つまり君のおかげで犯罪組織が滅びた」

「言いすぎだよ」

慌てる朱鳥に、恭匡はフッと笑みを零した。

「君は俺を信じる言葉をくれた」

朱鳥は驚いて彼を見る。言葉が届かない、と絶望した記憶が蘇る。

「外務省でも真相を知る者は一部だ。世間からは誘拐犯と罵られ、そしられる。だが君は証拠もなく俺を信じてくれた、それが深く沁みたよ」

朱鳥は泣きそうに顔をゆがめ、胸に両手を重ねた。自分の言葉など無力だと思っていた。だが、世界中の誰よりも伝えたいその人に伝わっていた。

「君が電話に出ないから、心配になって会社を調べて行ってしまった。映画のようには無理だが、間に合ったようでよかった」

「充分に劇的だったわ。ありがとう」

あのままでは航平に殴られていた。きっと一発ではすまなかっただろう。

「本当に好きでした、と言ってくれて嬉しかった。だが、過去形だ」

「もう終わりだと思ったから……」

「申し訳ないが、最初は組織の刺客かと疑った。すぐに違うとわかったが、俺の関係者だと思われたら君も狙われる。だから終わらせようとした」

「話してくれたらよかったのに」

「君はこんな話を聞いたらじっとしてないだろ?」

「そう……かな」

もし話してもらったら、少なくとも情報収集はしただろう。

「だが、だからこそ俺は君にひかれたんだろうな」

さらっと言われ、朱鳥はなおさらいたたまれなくなった。

料理が運ばれて来たのを機に、朱鳥は話をそらした。知りたいことは教えてもらえたし、口説かれるようなことを言われては心臓がもたない。

食事とともに提供されたのはスペインの海底で熟成されたワインだった。魚の形のデキャンタがかわいい。

料理は海にちなんだ装飾がなされており、食べるのがもったいないほど美しかった。口に入れると深い味わいにすべての疲れが癒やされていく。

マンボウの料理が出てきたときには驚いた。

「ここでマンボウに出合えるなんて思わなかったわ」

「興味があるって言ってただろ？　食べやすく調理してもらったよ」

いたずらっぽく恭匡が笑う。

最後のデザートには目を輝かせた。季節のフルーツを挟んだミルフィーユに、海塩を使ったアイスクリームが添えられている。

思わずスマホを出して撮影する。

楽し気に目を細めた恭匡と目が合い、気まずくなってスマホをバッグにしまった。

「いいよ、続けて」

「本来はマナー的によくないよね」

「俺の前では気にしなくていい。そのままの君が好きだ」

届いた言葉にいっきに血が昇り、朱鳥は顔が爆発するかと思った。

「あ、魚がいた」

思わずごまかすように席を立ち、ガラスに寄って海を眺める。

この向こうは境目のない海。国境も何も気にすることなく、魚たちは自由に泳ぎ回っている。

「どこに魚が？」

恭匡が隣に立ち、朱鳥の肩を抱き寄せた。

朱鳥は失策を悟った。赤くなった自分を見られたくないからマナー違反を承知で席を立ったのに、これでは余計にどきどきしてしまう。

海を見て落ち着こうしたが、ガラスに映る自分たちにさらに顔が熱くなった。ぴったりと寄り添う恭匡はガラスのこちら側で穏やかに微笑している。

「朱鳥さん」

顔を上げると、甘さいっぱいの彼の視線に縫い留められる。

「愛してる」

直後、唇が降りてきた。

朱鳥が目を閉じると、彼は優しく唇を割って侵入してくる。甘いキスはすぐに朱鳥をむさぼる情熱へと変わる。

ん……と声が漏れると彼にきつく抱きしめられた。片手で後頭部を固定されてしまい、彼の唇から逃れられない。与えられる熱に全身からとろけるように力が抜けていく。

「アイス……溶けちゃう」

吐息のように朱鳥がつぶやく。彼の唇は朱鳥の耳朶《じだ》をくすぐり、ささやく。

「とろけたほうがおいしいんだろう？　君と同じだな」

耳まで甘く溶けてしまいそうで、胸がうずいた。

抵抗する気力などなく、朱鳥は彼にされるがままに何度も口づけを交わした。

偽装《うそ》から出た溺愛《まこと》

一か月後、契約を満了した朱鳥は恭匡とともにアメリカにいて、呆然とつぶやいた。

「どうしてこんなことに」

「君が招待を受けたから」

隣にいる恭匡が苦笑する。彼はもう顔を隠す眼鏡をかけていない。

ホワイトハウスのイーストルームで恭匡を歓迎するレセプションパーティーが開かれており、朱鳥は彼とともに参加していた。

壁際の一段高くなった場所に演台があり、左右には肖像画がある。右が初代大統領のジョージ・ワシントン、左がファーストレディのマーサ・ワシントンだ。

部屋は天井から下がる大きなシャンデリアに煌々と照らされ、クラシカルな模様の白い壁に辛子色のカーテンが映える。

着飾った男女が笑いさざめく会場にはアカデミー賞俳優やグラミー賞歌手もいて、まるで別世界だった。

「ドレス、買ってもらってごめんね。美容室とか全部準備してもらって」

彼が選んでくれたドレスはライラックのような優しい紫の可憐で上品なものだった。

「サイト運営に協力してくれてるからな。お礼だよ」

犯人が逮捕されても被害は消えない。恭匡は被害者救済のためにサイトを続け、朱鳥が手伝っていた。

「綺麗な君が見られるご褒美つきだ」

それを言うなら、と朱鳥は照れながら彼を見る。

彼がびしっと上質なスーツを着ている姿は朱鳥にはご褒美だ。新鮮だし、色気がいつもの十割増しで眩しくて仕方がない。

そもそも招かれたのは恭匡だ。少女が再会を望んでいると知ったアメリカ大統領がふたりの対面を叶えるために招待したのだ。

正義が大好きなこの国での彼の人気は高く、『現代の武士』と騒がれた。機を待ち忍びながらも『救助隊《レスカーテ》ＥＪ』を立ち上げたエピソードも好感度が高い。

アメリカのみならず今や世界でナンバーワンヒーローの扱いだ。

「日本でもあなたの名誉が挽回できてよかった。外務省の公式発表があったとき、心の底からホッとしたわ」

外務省は恭匡が拉致を阻止したというＦＢＩの公表を事実だと認め、独自に正式な発表もした。

「人身売買組織は壊滅したのよね？」

「ああ。壊滅を主導した首相が次の大統領候補として注目されている」

恭匡は頷き、続ける。

「君のいた会社は計画倒産するらしいな」

「炎上の対応で、社長が会社を続けるのが嫌になったんだって」

売上が減少している会社だから未練がないらしいと凛子が教えてくれた。

「オー！　ヒーロー！」

綺麗な声に振り向くと、世界的に人気のある黒人女性歌手がいた。黒髪はふわふわしていて、グラマラスな肢体にタイトなきらめく金のドレスを纏っている。きわどいスリットから覗く足が艶《なまめ》かしい。

親し気に話しかけられた恭匡は、朱鳥の肩を抱いて英語で何かを言った。

女性は失望したと言わんばかりに口をへの字に曲げ、肩をすくめて去った。

「何を話したの？」

「ふたりで会いたいと言われたから、俺は朱鳥さんのものだと事実を告げた」

「そ、そんな」

「すぐに赤くなる。かわいいな」

「からかってばっかり！」

「そんなことはない。気づいてないようだが、さっきから男どもが君を見ている。俺がいなければとっくに囲まれている」

「そんなわけないよ」

朱鳥は苦笑した。

「ミスター剱地」

低い声にそちらを見ると、シークレットサービスを連れた大統領がいた。老齢ながら迫力があり、朱鳥はたじろいだ。

恭匡に続いて握手を求められ、彼女はぎくしゃくと手を伸ばす。握る手は思った以上に力強かった。

大統領はその後、恭匡と話し込む。

邪魔をしたくなくて少し距離を取り、堂々と対応する恭匡さんすごい、とうっとりと眺めた。

ふいに白人男性に話しかけられ、朱鳥は首を傾げた。彼はぐいぐい迫ってきて朱鳥の手を握る。

「え⁉」

思わず出た声に恭匡が振り返った。大統領との会話を打ち切って朱鳥の元へ来ると、男の手を離させる。

彼が鋭く何かを言うと男はすごすごと退散した。

見ていた大統領は声をあげて笑い、恭匡の肩を叩いて再度の握手を交わしてから立ち去った。

「今の、何？」

「あの男が君を口説いていたから追い払った」

「そうなの⁉」

「だから俺から離れるなよ」

「……うん」

腰に手を回され、朱鳥は照れながら頷いた。

「ヤスマサ！」

かわいい声がして、金茶の髪の女の子が走って来て恭匡に抱き着く。拉致されかけた少女、エイベリーだ。水色のドレスがかわいらしい。

パーティーの冒頭には大統領の目の前で恭匡と彼女の感動の再会が行われた。両親に見守られる中エイベリーは泣きながら喜び、恭匡は優しく慰めてあげていた。歓談の時間が始まった際には恭匡と両親が旧交を温めていた。

恭匡は彼女とハグをしてから離れる。片膝をついてエイベリーと目線を合わせ、仲良くスペイン語で話す。

しばらくして、彼女は怒ったように腰に手を当て、頬をふくらませた。

恭匡が彼女の頭を撫でると、仕方ないわね、と言わんばかりに両手を広げ、小走りに駆けて両親のところへ戻って行った。

「何を話したの？」

「エイベリーにプロポーズされた」

恭匡は苦笑しながら立ち上がる。

「え⁉」

「俺には心に決めた人がいるからと断った」

「そ、そうなんだ」

朱鳥はそれしか言えなかった。それって私？　なんて図々しい気がして聞けない。

演台に大統領が立ち、マイクで何かを言って外を示す。

「彗星が見えるらしい。行こうか」

「彗星？」

外に向かう人々に続いて庭に出ると、手入れされた青い芝生が広がり、頭上にはきらめく星が散らばっていた。

その中に透けるように長く尾を引いた、ひときわ目立つ青白い星があった。

「すごい、初めて見た！」

「肉眼で見えるのがすごいな」

天体写真と同じように尾を引いて下向きに流れているかようだ。なのに空に静止していて、不思議な感じがした。

「朱鳥さん」

改まった恭匡の声に、朱鳥は彼を見た。

「俺は外交官としての復帰が決まった」

「すごいじゃない！　おめでとう！」

「ありがとう。だが、そうなると海外赴任が待っている」

つまり、日本にいる朱鳥とは会えなくなる。

遠距離恋愛になるのか、別れを告げられるのか。

朱鳥はにわかに緊張し、恭匡を見られなくなった。

ああ、お願い。

思わず彗星に願いをかける。

このまま、恭匡さんとずっと一緒にいさせて。

「朱鳥さん、俺を見て」

渋々のように顔を向けると、彼は真剣な顔をしていた。

「朱鳥さん、俺と結婚してほしい」

朱鳥は息を呑んだ。

「外交官はあちこちに転勤がある。悪い環境に行くこともある。結婚したら大変なこともたくさんあるだろう。だが、海外に行くのはライターの君にもメリットがあるはずだ。どんな環境でも俺は君の幸せのために尽力すると誓う」

声もまた真剣で、朱鳥は顔をくしゃっとさせた。

「プレゼンされてるみたい」

「仕事柄、それは得意だな」

恭匡はフッっと笑う。

「悪いこともちゃんと言ってくれる、そういう誠実なところも好き」

朱鳥は泣き笑いで言う。

「仕事なんてどこでもできるし、転勤したらネタが増えたって喜ぶわ」

「つまり？」

嬉しそうに、彼は先を促す。

「……よろしくお願いします」

直後、朱鳥は勢いよく抱きしめられた。

頬を寄せると顎をついっと持ち上げられ、朱鳥は慌てる。

「ダメだよ、こんなところで」

「誰も見てない。みんな彗星に夢中だ」

言いざま、恭匡は朱鳥に深く口づける。彼の与える熱に、朱鳥は真夏のアイスクリームのようにただとろけていくのみだ。

「今夜は……君のすべてをもらうよ」

甘くささやかれ、朱鳥は赤くなって頷いた。

彗星は青白い尾を引きながら、恋に墜落するように夜空に輝いていた。


（了）

ファンレターのあて先

〒104-0031
東京都中央区京橋1-3-1
八重洲口大栄ビル7F
スターツ出版株式会社　書籍編集部　気付

本書へのご意見をお聞かせください

お買い上げいただき、ありがとうございます。
今後の編集の参考にさせていただきますので、
アンケートにお答えいただければ幸いです。

下記URLまたは二次元コードから
アンケートページへお入りください。
https://www.ozmall.co.jp/enquete/IndexTalkappi.aspx?id=2301

悪い男の極上愛【ベリーズ文庫溺愛アンソロジー】

2024年11月10日　初版第1刷発行

著　者　砂川雨路　©Amemichi Sunagawa 2024
なとみ　©Natomi 2024
中小路かほ　©Kaho Nakakouji 2024
またたびやま銀猫　©Ginneko Matatabiyama 2024
発行人　菊地修一
デザイン　カバー　アフターグロウ
フォーマット　hive & co.,ltd.
校　正　株式会社文字工房燦光
発行所　スターツ出版株式会社
〒104-0031
東京都中央区京橋1-3-1　八重洲口大栄ビル7F
TEL　03-6202-0386（出版マーケティンググループ）
TEL　050-5538-5679（書店様向けご注文専用ダイヤル）
URL　https://starts-pub.jp/
印刷所　大日本印刷株式会社

Printed in Japan

ISBN 978-4-8137-1663-1　C0193

ベリーズ文庫 2024年11月発売

『財界帝王は逃げ出した政略妻を猛愛で満たし尽くす【大富豪シリーズ】』佐倉《さくら》伊織《いおり》・著

政略結婚を控えた梢は、ひとり訪れたモルディブでリゾート開発企業で働く神木と出会い、情熱的な一夜を過ごす。彼への思いを胸に秘めつつ婚約者との顔合わせに臨むと、そこに現れたのは神木本人で…!?　愛のない政略結婚のはずが、心惹かれた彼との予想外の新婚生活に、梢は戸惑いを隠しきれず…。

ISBN 978-4-8137-1657-0／定価770円（本体700円＋税10%）

『一途な海上自衛官は溺愛ママを内緒のベビーごと包み娶る』田崎《たさき》くるみ・著

有名な華道家元の娘である清花は、カフェで知り合った海上自衛官の昴と急接近。昴との子供を身ごもるが、彼は長期間連絡が取れず、さらには両親に勘当されてしまう。その後ひとりで産み育てていたところ、突如昴が現れて…。「ずっと君を愛してる」熱を孕んだ彼の視線に清花は再び心を溶かされていき…！

ISBN 978-4-8137-1658-7／定価781円（本体710円＋税10%）

『鉄壁の女は清く正しく働きたい！なのに、敏腕社長が仕事中も溺愛してきます』高田《たかだ》ちさき・著

ド真面目でカタブツなOL沙央莉は社内で"鉄壁の女"と呼ばれている。ひょんなことから社長・大翔の元で働くことになるも、毎日振り回されてばかり！　ついには愛に目覚めた彼の溺愛猛攻が始まって…!?　自分じゃ釣り合わないと拒否する沙央莉だが「全部俺のものにする」と大翔の独占欲に翻弄されていき…！

ISBN 978-4-8137-1659-4／定価781円（本体710円＋税10%）

『冷徹無慈悲なCEOは新妻にご執心～この度、夫婦になりました。ただし、お仕事として！～』一ノ瀬《いちのせ》千景《ちかげ》・著

会社員の咲穂は世界的なCEO・櫂が率いるプロジェクトで働くことに。憧れの仕事ができると喜びも束の間、冷徹無慈悲で超毒舌な櫂に振り回されっぱなしの日々。しかも櫂とひょんなことからビジネス婚をせざるを得なくなり…!?　建前だけの結婚のはずが「誰にも譲れない」となぜか櫂の独占欲が溢れだし!?

ISBN 978-4-8137-1660-0／定価781円（本体710円＋税10%）

『姉の身代わりでお見合いしたら、激甘CEOの執着愛に火がつきました』宇佐木《うさぎ》・著

百貨店勤務の幸は姉を守るため身代わりでお見合いに行くことに。相手として現れたのは以前海外で助けてくれた京。明らかに雲の上の存在そうな彼に怖気づき逃げるように去るも、彼は幸の会社の新しいCEOだった！　「俺に夢中にさせる」なぜか溺愛全開で迫ってくる京に、幸は身も心も溶かされて――!?

ISBN 978-4-8137-1661-7／定価781円（本体710円＋税10%）

ベリーズ文庫 2024年11月発売

『熱情を秘めた心臓外科医は引き裂かれた許嫁を激愛で取り戻す』 立花《たちばな》実咲《みさき》・著

持病のため病院にかかる架純。クールながらも誠実な主治医・理人に想いを寄せていたが、彼は数年前、ワケあって破談になった元許嫁だった。ある日、彼に縁談があると知りいよいよ恋を諦めようとした矢先、縁談を避けたいと言う彼から婚約者のふりを頼まれ!?　偽婚約生活が始まるも、なぜか溺愛が始まって!?

ISBN 978-4-8137-1662-4／定価770円（本体700円＋税10%）

『悪い男の極上愛【ベリーズ文庫溺愛アンソロジー】』

〈悪い男×溺愛〉がテーマの極上恋愛アンソロジー！　黒い噂の絶えない経営者、因縁の弁護士、宿敵の不動産会社・副社長、悪名高き外交官…彼らは「悪い男」のはずが、実は…。真実が露わになった先には予想外の溺愛が!?　砂川雨路による書き下ろし新作に、コンテスト受賞作品を加えた4作品を収録！

ISBN 978-4-8137-1663-1／定価792円（本体720円＋税10%）

ベリーズ文庫 2024年12月発売予定

Now Printing

『タイトル未定(CEO×お見合い結婚)【大富豪シリーズ】』紅《くれない》カオル・著

香奈は高校生の頃とあるパーティーで大学生の海里と出会う。以来、優秀で男らしい彼に惹かれてゆくが、ある一件により海里にフラれたと勘違いしてしまう。そのまま彼は急遽渡米することとなり――。9年後、偶然再会するとなんと海里からお見合いの申し入れが!? 彼の一途な熱情愛は高まるばかりで…!

ISBN 978-4-8137-1669-3／予価748円（本体680円＋税10%）

Now Printing

『タイトル未定(副社長×身代わり結婚)』若菜《わかな》モモ・著

父亡きあと、ひとりで家業を切り盛りしていた優羽。ある日、生き別れた母から姉の代わりに大企業の御曹司・玲哉とのお見合いを相談される。ダメもとで向かうと予想外に即結婚が決定して!? クールで近寄りがたい玲哉。愛のない結婚生活になるかと思いきや、痺れるほど甘い溺愛を刻まれて…!

ISBN 978-4-8137-1670-9／予価748円（本体680円＋税10%）

Now Printing

『タイトル未定(パイロット×偽装夫婦)』未《み》華《はな》空《そら》央《お》・著

空港で働く真白はパイロット・遥がCAに絡まれているところを目撃。静かに立ち去ろうとした時、彼に捕まり「彼女と結婚する」と言われて!? そのまま半ば強引に妻のフリをすることになるが、クールな遥の甘やかな独占欲が徐々に昂って…。「俺のものにしたい」ありったけの溺愛を刻み込まれ…!

ISBN 978-4-8137-1671-6／予価748円（本体680円＋税10%）

Now Printing

『タイトル未定(御曹司×契約結婚×離婚)』惣領《そうりょう》莉《り》沙《さ》・著

亡き父の遺した食堂で働く里穂。ある日常連客で妹の上司でもある御曹司・蒼真から突然求婚される！ 執拗な見合い話から逃れたい彼は1年限定の結婚を持ち掛けた。妹にこれ以上心配をかけたくないと契約妻になった里穂だったが――「誰にも見せずに独り占めしたい」蒼真の容赦ない溺愛が溢れ出して…!?

ISBN 978-4-8137-1672-3／予価748円（本体680円＋税10%）

Now Printing

『タイトル未定(御曹司×契約結婚)』きたみまゆ・著

日本料理店を営む穂香は、あるきっかけで御曹司の悠希と同居を始める。悠希に惹かれていく穂香だが、ある日父親から「穂香との結婚を条件に知り合いが店の融資をしてくれる」との連絡が。父のためにとお見合いに向かうと、そこに悠希が現れて!? しかも彼の溺愛猛攻は止まらず、甘さを増すばかりで…!

ISBN 978-4-8137-1673-0／予価748円（本体680円＋税10%）

タイトル、価格等は変更になることがございますのでご了承ください。

ベリーズ文庫 2024年12月発売予定

Now Printing

『エリート警視正は愛しい花と愛の証を二度と離さない』森野《もりの》りも・著

花屋で働く佳純。密かに思いを寄せていた常連客のクールな警視正・瞬と交際が始まり幸せな日々を送っていた。そんなある日、とある女性に彼と別れるよう脅される。同じ頃に妊娠が発覚するも、やむをえず彼との別れを決意。数年後、一人で子育てに奮闘していると瞬が現れる！ 熱い溺愛にベビーごと包まれて…！

ISBN 978-4-8137-1674-7／予価748円（本体680円＋税10%）

Now Printing

『復讐の果て～エリート外科医は最愛の元妻と娘をあきらめない～』白《はく》亜《あ》凛《りん》・著

総合病院の娘である莉子は、外科医の啓介と政略結婚をし、順調な日々を送っていた。しかしある日、莉子の前に啓介の本命と名乗る女性が現れる。啓介との離婚を決めた莉子は彼との子を極秘出産し、「別の人との子を産んだ」と嘘の理由で別れを告げるが、啓介の独占欲に火をつけてしまい――!?

ISBN 978-4-8137-1675-4／予価748円（本体680円＋税10%）

Now Printing

『このたびエリート（だけど難あり）魔法騎士様のお世話係になりました。』瑞《みず》希《き》ちこ・著

出稼ぎ令嬢のフィリスは、世話焼きな性格を買われ超優秀だが性格にやや難ありの魔法騎士・リベルトの専属侍女として働くことに！ 冷たい態度だった彼とも徐々に打ち解けてひと安心…と思ったら「一生俺のそばにいてくれ」――いつの間にか彼の重めな独占欲に火をつけてしまい、溺愛猛攻が始まって!?

ISBN 978-4-8137-1676-1／予価748円（本体680円＋税10%）

タイトル、価格等は変更になることがございますのでご了承ください。